Alice
et l'œil
électronique

Caroline Quine

Alice et l'œil électronique

Traduit de l'américain par Anne Joba

Illustrations de Philippe Daure

HACHETTE
Jeunesse

SÉRIE *ALICE* DANS LA BIBLIOTHÈQUE VERTE

Alice et la soucoupe volante
Alice et l'ancre brisée
Alice et le mauvais présage
Alice et la bague du gourou
Alice et le symbole grec
Alice et le secret de la vieille dentelle
Alice à Venise
Alice et le secret du parchemin
Alice et le carnet vert
Alice et les chats persans
Alice et l'œil électronique
Alice et les trois clefs
Alice et la poupée indienne
Alice et les marionnettes
Alice et les Hardy Boys super-détectives
Alice et le robot
Alice et le flibustier
Alice et les magiciens
Alice et les diamants
Alice et la rivière souterraine
Alice chez le grand couturier
Alice chez les Incas
Alice en Ecosse
Alice et le violon tzigane
Alice au Canada
Alice et les plumes de paon
Alice et la diligence
Alice et le diadème
Alice et l'esprit frappeur
Alice écuyère
Alice et le cheval volé
Alice et la statue qui parle
Alice au bal masqué
Alice et la dame du lac
Alice chez les stars
Alice et la mémoire perdue
Alice et les cerveaux en péril
Alice et le valet de pique

L'ÉDITION ORIGINALE DE CET OUVRAGE
A PARU EN LANGUE ANGLAISE
CHEZ GROSSET & DUNLAP,
NEW YORK, SOUS LE TITRE :
MYSTERY OF THE GLOWING EYE

Hachette, 79, boulevard Saint-Germain, Paris VIe

Chapitre 1

L'hélicoptère

Dans le vestibule le téléphone sonnait avec insistance. Alice Roy ne semblait pas l'entendre. Confortablement installée au salon, elle était perdue dans ses pensées.

« Que voulait bien dire Marty King par cette remarque ? » se demandait la jeune détective.

Distraitement, elle se leva, alla au téléphone. Il avait cessé de sonner et plus personne n'était à l'autre bout de la ligne.

« Oh zut ! Cet appel était peut-être important ! » se reprocha Alice.

Dans l'espoir d'entendre l'appel se renouveler, elle s'assit sur une chaise à proximité de l'appareil.

De nouveau ses pensées allèrent vers Marty King. Cette jeune fille de vingt-quatre ans aux cheveux blond platine, fraîchement diplômée de l'école de droit de Bushwick, travaillait depuis peu dans l'étude d'avocat de M. Roy.

« Et surtout pas comme détective ! grommela Alice. Elle n'a pas le droit de m'enlever l'affaire Anderson ! »

La sonnerie du téléphone retentit de nouveau. C'était Bess Taylor, l'amie intime d'Alice.

« Bonjour ! fit Alice. As-tu essayé de m'appeler il y a un instant ?

— Non. J'ai obtenu la communication immédiatement, répondit Bess.

— Que diriez-vous de venir, Marion et toi ? demanda Alice. Je ne peux pas quitter la maison parce qu'on doit livrer un classeur pour le bureau de papa. »

Les deux jeunes filles arrivèrent peu après. Elles étaient cousines et aidaient souvent Alice dans son travail de détective. Les amies formaient un trio assez remarquable. Alice, jolie, mince, les cheveux blond doré ; Bess, blonde aux yeux bleus, aux fossettes rieuses, un peu trop rondelette à son goût ; Marion Webb, silhouette mince, sportive, cheveux bruns courts, avec des allures de garçon manqué.

« Qu'est-ce qui te tourmente, Alice ? demanda Bess. Au téléphone tu semblais dans tous tes états.

— Oh ! Ce n'est pas si terrible que cela, répondit Alice avec un sourire forcé. Je suppose que ce n'est qu'une question de jalousie pure et simple.

— Toi ? Jalouse ? fit en riant Marion. C'est bien un défaut que je ne te connais pas. Allons, vas-y, dis-nous ce qui se passe.

— C'est à propos d'une jeune fille, une certaine Marty King, qui travaille depuis peu chez papa. Elle a un diplôme de droit.

— Hum! Hum! fit Bess en gloussant. Tu t'imagines qu'elle s'intéresse d'une façon un peu trop romanesque à ton père ou vice versa. »

Cette suggestion déconcerta Alice. Elle s'empressa d'assurer à ses amies qu'il n'en était rien.

« Non, Marty King se pique d'être détective amateur.

— Et, acheva Marion, elle cherche à t'évincer. »

Alice eut un signe de tête affirmatif.

« Papa m'a parlé d'une affaire sur laquelle il aimerait que nous travaillions toutes les trois. C'est à propos d'un œil brillant.

— Un œil brillant! répéta Marion. Voilà qui m'intrigue.

— Il y a de quoi, convint Alice. Mais ce matin Marty m'a téléphoné pour me dire qu'on n'aurait pas besoin de mon aide, qu'elle avait déjà en partie résolu l'énigme.

— Quel toupet! éclata Marion. Et qu'a dit ton père?

— Je ne lui en ai pas parlé, et d'ailleurs, je ne compte pas le faire. Il se peut qu'il ait prié Marty de s'en occuper et...

— Ne sois pas sotte, coupa Bess. Je suis sûre que ton père ne ferait jamais une chose pareille. »

Alice ne demandait qu'à le croire. Mais tandis que Bess s'employait à lui remonter le moral, ses pensées s'égarait. Son père discuterait-il encore avec elle des affaires qui le préoccupaient? Que deviendrait sa vie sans mystères à élucider?

Des larmes perlèrent aux yeux d'Alice. Elle les refoula, sourit.

« Merci, Bess. Je suis sans doute en train de faire une montagne de rien. »

Marion passa un bras autour des épaules de son amie.

« Ou peut-être Mlle King se prend-elle pour le nombril du monde ? »

Avec un large sourire, elle ajouta :

« Quel mystère, gente demoiselle, désirez-vous élucider aujourd'hui ? Où devons-nous pourfendre quelque méchant dragon ?...

— Assez, assez ! » interrompit Alice qui ne put s'empêcher de rire de l'expression solennelle peinte sur le visage de Marion.

Sans prêter attention aux paroles d'Alice, Marion s'inclina devant sa cousine.

« Votre Altesse, dit-elle en brandissant une épée imaginaire.

— Votre *bas*-sesse, répondit Bess. Jusqu'où vous abaisserez-vous ? »

Marion s'inclina tellement qu'elle perdit l'équilibre et s'étala de tout son long.

« Est-ce assez bas ? » demanda-t-elle en se redressant sur un coude et en regardant les fossettes de Bess se creuser en un sourire moqueur.

A cet instant, les jeunes filles perçurent un vrombissement. Il devint de plus en plus fort.

« On dirait un hélicoptère ! s'exclama Alice. Et juste au-dessus de la maison. »

Elle courut à la porte avec ses amies et leva les yeux. Un hélicoptère bi-moteur descendait.

« Alice, il va atterrir sur la pelouse de devant », s'écria Marion.

A ces mots, Bess rentra en vitesse dans la maison.

Alice et Marion regardaient, fascinées. Les rotors s'arrêtèrent soudain et l'hélicoptère descendit en chute libre les derniers mètres. Il heurta le sol avec un grand bruit et la porte s'ouvrit.

« Le pilote! s'exclama Alice. Il doit être blessé! »

Elle courut avec Marion vers l'hélicoptère. Le pilote était invisible. Elles montèrent à bord, jetèrent un coup d'œil à l'intérieur de la cabine.

Personne!

Entre-temps, Bess les avait rejointes au pas de course.

« J'ai appelé la police. Y a-t-il des blessés? »

Quand elle apprit que l'appareil était sans pilote, elle ouvrit de grands yeux.

« En êtes-vous sûres? demanda-t-elle.

— Il n'y a pas un chat », répondit Alice tout en inspectant la cabine.

Elle trouva sur le plancher une enveloppe posée à l'envers. Elle la prit, la retourna, écarquilla les yeux, incrédule. Il y avait écrit dessus son propre nom et pas d'adresse.

« As-tu trouvé quelque chose? » demanda Marion qui était redescendue.

Alice sauta à terre et montra l'enveloppe cachetée à ses amies. L'écriture, qu'elles reconnurent aussitôt, était celle du meilleur ami d'Alice, Ned Nickerson, son chevalier servant. Un instant, la jeune fille resta sans voix.

« Peut-être Ned était-il dans l'hélicoptère, dit-elle enfin, et a-t-il été contraint de descendre en parachute. »

Bess et Marion partageaient son inquiétude. Toutes trois aimaient beaucoup leur ami qui était étudiant à Emerson. Elles regagnèrent ensemble la maison.

« Ouvre l'enveloppe, dit Bess d'une voix pressante. Elle contient peut-être un message. »

Alice, qui la tenait serrée entre ses doigts, la déchira. A l'intérieur se trouvait un bout de papier sur lequel était écrit cet avertissement :

ATTENTION AU CYCLOPE

NED.

Chapitre 2

Inquiétude

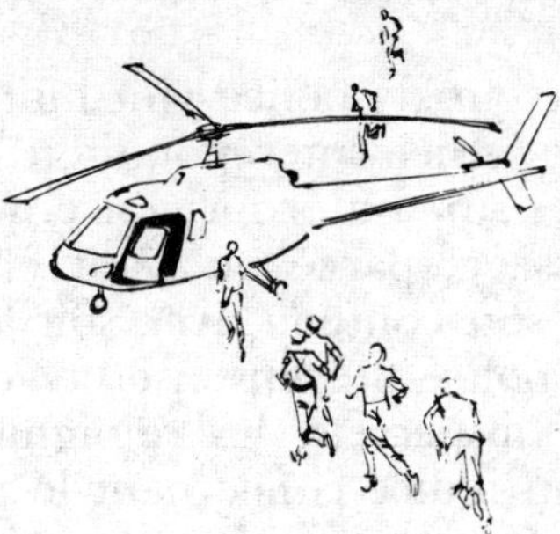

Alice se laissa choir sur une chaise. Elle était stupéfaite, désemparée. Bess, bouleversée à l'idée de quelque tragédie, essuyait furtivement une larme.

Marion fut la première à retrouver la parole.

« N'imaginons pas le pire. Ned n'était peut-être pas dans l'hélicoptère. Le message a pu être placé par quelqu'un d'autre. »

A peine achevait-elle ces mots que la police et les voisins arrivaient. Ils envahirent la grande pelouse qui s'étendait devant la maison en briques de style colonial, demeure des Roy. Un photographe actionnait déjà son appareil et plusieurs inspecteurs montaient à tour de rôle dans l'hélicoptère pour l'examiner.

Quand Alice et Bess sortirent de la maison des cris divers les accueillirent : « Qu'est-il arrivé ? », « Quelqu'un a-t-il été blessé ? », « Alice, est-ce une affaire de publicité ? »

Depuis qu'elle avait résolu de nombreuses énigmes, Alice jouissait d'une grande réputation, mais elle évitait avec soin tout battage autour d'elle.

Un inspecteur de police vint l'interroger sur l'hélicoptère. Alice lui répondit n'avoir pas la moindre idée sur son propriétaire. Elle ne parla pas du message, parce qu'avant elle préférait discuter de son contenu avec son ami le commissaire de police Stevenson et avec son père.

Un autre inspecteur les rejoignit. Il n'avait trouvé aucun indice concernant le propriétaire de l'hélicoptère. Le numéro inscrit sous un des rotors constituait la seule source de renseignements pour l'identifier.

Tandis qu'il se dirigeait vers sa voiture pour utiliser sa radio, Marion jaillit de la maison. Elle se précipita vers Alice, l'entraîna à part.

« J'ai téléphoné à Emerson pour joindre Ned, lui dit-elle. Il n'était nulle part. Un de ses camarades m'a dit que selon une rumeur il aurait été kidnappé hier !

— Kidnappé ! » hurla Bess qui s'était rapprochée des deux amies.

Aussitôt, tous les regards convergèrent sur Marion.

« Chut ! fit Alice. Qu'as-tu exactement appris, Marion ?

— J'ai demandé à parler à Bob. »

Bob Eddleton était le grand ami de Marion.

« D'après lui, Ned a prévenu le responsable de leur résidence universitaire qu'il allait faire une balade. Ne le voyant pas revenir, Daniel, le meilleur ami de Bess, et Bob, se sont inquiétés et sont partis à sa recherche. Ils ont trouvé la voiture de Ned abandonnée sur une route proche d'Emerson. Ils ont pensé que la voiture était en panne et que Ned était allé chercher de l'aide. Mais tout était en ordre et le moteur tournait parfaitement. »

Alice entra dans la maison, s'assit au salon. Elle se sentait faible. Ned kidnappé ! Mais pourquoi ?

Tout à coup une pensée lui vint. Elle tira le message de sa poche.

« C'est peut-être un faux ! » s'exclama-t-elle.

Elle examina attentivement l'écriture. Si c'était un faux, l'imitation était très habile. Les mots avaient été rapidement griffonnés au crayon. Une autre idée lui traversa l'esprit. Ned avait-il écrit : « *Attention au cyclope* » de sa propre volonté ou avait-il été forcé de le faire ?

Les hypothèses les plus folles se bousculaient dans sa tête. Ned la mettait-il en garde contre un gang dénommé Cyclope, ou quelqu'un essayait-il de l'effrayer, elle, Alice.

« Si Ned avait voulu me prévenir à la hâte, se dit-elle, un coup de téléphone ou un télégramme aurait été plus simple et plus rapide — à moins qu'il ne soit détenu quelque part. Dans ce cas la lettre est un indice qui pourrait nous mener à ses ravisseurs. »

Elle réfléchissait encore lorsque M. Roy entra avec M. Stevenson. Le grand et bel avocat et le commissaire au visage coloré, taillé à coups de serpe, paraissaient soucieux.

« Alice, qu'est-il arrivé ? » s'écria son père.

Avant de répondre, la jeune fille se tourna vers ses amies.

« Marion et Bess, pourriez-vous retenir les gens dehors pendant que je m'entretiens avec papa et M. Stevenson ? »

Les deux cousines se précipitèrent dans le jardin. La police ordonnait déjà aux curieux de s'éloigner. Il y eut une brève altercation entre Marion, Bess et un photographe qui prétendait s'introduire dans la maison pour prendre un cliché d'Alice. Mais les deux jeunes filles se montrèrent fermes.

« Pas de photos, s'il vous plaît », lui dit Marion.

Il finit par s'incliner et suivre la foule qui refluait vers la rue.

Pendant ce temps, Alice racontait au commissaire et à son père l'histoire de l'hélicoptère, de l'étrange message et de la disparition de Ned. Elle leur montra l'enveloppe et son contenu en ajoutant qu'elle était certaine que l'écriture était bien celle de Ned.

« Monsieur, dit-elle au commissaire, auriez-vous entendu parler d'une personne ou d'une organisation appelée Cyclope ? »

Le commissaire secoua négativement la tête.

« Jamais. Toutefois je vais le faire vérifier. »

Il alla au téléphone et en revint quelques instants plus tard, disant que ce nom ne figurait dans aucun dossier.

« Alice, as-tu une idée sur cette affaire ? demanda l'avocat.

— Franchement aucune encore, répondit-elle. Je suis trop inquiète au sujet de Ned pour réfléchir avec calme. A-t-il été retenu ? Drogué ? Ou attiré au loin par un faux message ? »

Le commissaire prit un air grave.

« Si on n'apprend rien sur lui, sous peu, je transmettrai l'affaire au F.B.I., à moins que la police d'Emerson ne l'ait déjà fait. Je vais m'en informer. »

Alice prit la parole.

« Puis-je garder ce message ? »

Le commissaire sourit.

« Comme il s'agit d'un mot qui vous est adressé personnellement et qui a été trouvé dans les limites de votre propriété privée, il vous appartient. Toutefois j'aimerais en disposer, au moins quelque temps. »

M. Roy intervint.

« Je puis en prendre une photocopie à mon bureau et vous remettre l'original.

— Oh ! Je m'en charge », s'empressa de dire Alice.

Elle venait d'imaginer Marty King posant des questions à M. Roy à la vue du document. S'il lui parlait des étranges événements qui y étaient liés, elle voudrait se mêler de l'affaire. Le père d'Alice parut surpris, mais elle ajouta vivement :

« Je veux garder tout cela secret, papa.

— C'est bon. Va au bureau et fais la photocopie toi-même. »

Un policier vint transmettre à son chef un message radio qu'il venait de recevoir.

« Aucun parachutiste n'a été retrouvé dans le secteur. »

Quand il fut sorti, M. Stevenson exprima son étonnement.

« Comment l'hélicoptère a-t-il pu voler jusqu'ici ?

— Il peut avoir été télécommandé.

Quelqu'un dans ce cas l'a délibérément envoyé pour porter le message, dit Alice. Mais c'est un moyen bien compliqué.

— Et comment son propriétaire va-t-il récupérer l'hélicoptère ? demanda M. Stevenson. Nous ne savons même pas d'où il vient.

— Je parie que c'est de l'endroit où est détenu Ned, répondit Alice, l'air sombre. Sortons voir si par hasard il ne resterait pas un peu de terre accrochée aux pneus. »

La foule s'était dispersée. Il ne restait plus autour de l'appareil que les policiers. Alice, qui s'était munie d'une loupe, fit un examen attentif de la terre séchée sur les pneus. Celle-ci révéla que le décollage avait dû s'effectuer près d'un marécage de fange noire. Elle trouva des débris de bois entre les sculptures des pneus.

« Un campement de bûcherons ou une clairière dans la forêt », murmura-t-elle, pour elle-même.

Brusquement, sans que rien l'eût fait prévoir, l'appareil frémit et les rotors se mirent à tourner.

« L'hélicoptère s'apprête à reprendre l'air! s'écria Alice. Je pars avec. Il me conduira peut-être à Ned. »

Elle commença à grimper à bord.

M. Roy fit un bond en avant, voulut saisir sa fille.

« Non! hurla-t-il. C'est trop dangereux! Si l'appareil est manœuvré par un ennemi, tu seras à sa merci. »

M. Stevenson approuva M. Roy. Avant qu'Alice ait pu descendre, les rotors s'arrêtèrent soudain, les moteurs se turent.

« Quelque chose ne fonctionne pas! fit Marion.

— Dieu soit loué, dit Bess, autrement Alice serait en l'air, en route vers une dangereuse mission! »

Alice approuva de la tête mais elle était surtout intriguée par l'hélicoptère.

« Il est sûrement télécommandé, commenta-t-elle, et peut s'envoler et atterrir à n'importe quel moment.

— Mais pourquoi ses moteurs se sont-ils arrêtés? demanda Bess.

— Il n'est pas impossible, expliqua Alice, qu'un gadget très sensible permette à l'opérateur de savoir si un poids supplémentaire se trouve à bord, et révèle ainsi la présence d'un intrus.

— Nous allons l'empêcher de reprendre l'air, dit M. Stevenson. Demain la police viendra le chercher. Pourriez-vous, mesdemoiselles, trouver des objets lourds que mes hommes entasseraient à l'intérieur? Je désire que l'appareil reste ici jusqu'à ce que j'en aie découvert le propriétaire. Alors je le ferai transporter.»

Tandis que le robuste commissaire et quelques-uns de ses hommes s'accrochaient à l'hélicoptère, Alice et son père se hâtèrent de sortir du garage une vieille roue de voiture, un gros seau de peinture, des pieux de clôture inutilisés pour lester l'appareil.

«Voilà qui devrait aller, fit M. Stevenson.

— Pourquoi ne pas l'amarrer? proposa Marion. J'ai vu une grosse corde dans le garage.»

Sa suggestion fut approuvée et bientôt l'appareil était attaché au tronc solide d'un arbre. Bess et Marion durent partir, mais elles promirent d'être de retour le lendemain matin pour aider Alice à élucider le mystère. Le commissaire donna l'ordre à un de ses hommes de rester sur place, puis il s'éloigna avec les autres.

Alice et son père rentraient dans la maison quand Sarah, leur fidèle gouvernante, descendit d'un taxi. Elle regarda, ahurie, l'hélicoptère, puis les Roy. Sarah vivait avec eux depuis la mort de Mme Roy survenue alors qu'Alice n'avait que trois ans. La jeune fille l'adorait.

M. Roy sourit.

«Nous avons eu la visite d'un robot, dit-il à la gouvernante. Alice vous racontera toute l'histoire. Moi, il faut que je me sauve au bureau mais je serai de retour vers dix heures ce soir. Je t'en prie, Alice, téléphone à Mlle King que j'arrive.»

Alice ne fit aucun commentaire. Mais la dernière chose au monde qu'elle désirait faire était bien de parler à Marty King. Elle se tourna vers Sarah.

« Voudrais-tu t'en charger, s'il te plaît ? » lui dit-elle.

Sans se douter de la raison de cette requête, la gouvernante passa le coup de téléphone puis se rendit à la cuisine pour préparer le dîner.

Alice la suivit.

« Ne te donne pas la peine de faire de la cuisine compliquée, lui dit-elle, je n'ai pas faim.

— Pourquoi ? Que se passe-t-il, ma chérie ? demanda Sarah.

— Des tas de choses. Mais le pire est que nous pensons que Ned a été enlevé.

— Que dis-tu ! »

Alice lui raconta tout.

« Je veux le retrouver, ajouta-t-elle, et je ne sais pas dans quelle direction chercher.

— Voilà qui ne te ressemble guère, dit gentiment la gouvernante. Tu as eu un gros choc, mon petit. Je te propose de prendre un dîner léger et d'aller tout de suite te coucher. Une fois reposée tu seras prête demain à te mettre au travail pour résoudre ce mystère.

— Mais lequel ? demanda Alice. Ned, l'hélicoptère télécommandé, le Cyclope ou l'œil brillant ?

— Arrête ! s'exclama Sarah. Cela en fait trois de trop. Alice, sois raisonnable. Pourquoi ne pas concentrer tous tes efforts sur Ned ? Appelle Bob et Daniel et demande-leur s'ils ont des nouvelles. »

Alice suivit ce conseil et décrocha le téléphone. Bob répondit aussitôt. Il lui dit qu'il ne savait rien de nouveau.

« M. et Mme Nickerson ont-ils été prévenus ? demanda Alice.

— Oui et ils sont sans nouvelles eux aussi. Il semblerait que tu sois la seule à avoir reçu un message. »

Pendant le dîner, Sarah et Alice discutèrent des événements de ce jour, mais la jeune détective ne fit aucune allusion à Marty King et au rôle qu'elle s'était arrogé dans le mystère de l'œil brillant.

Un peu plus tard, Alice appela les Nickerson au téléphone. Elle leur parla du mot signé par leur fils.

« Savez-vous ce que signifie ce cyclope ?

— Cyclope ? Non, je ne vois pas », répondit M. Nickerson.

Sa femme, qui tenait l'écouteur, ajouta :

« Nous n'avons jamais entendu Ned citer ce nom. C'est sûrement quelque chose de tout à fait nouveau. Oh ! Alice, implora-t-elle, utilisez tous vos dons de détective pour retrouver notre fils.

— Je ferai mon possible », promit Alice.

A neuf heures et demie, elle se sentait si épuisée qu'elle décida de ne pas attendre le retour de son père et de se coucher. Elle sombra dans un profond sommeil. Quelques heures plus tard, un terrible vacarme sur la pelouse la réveilla. Elle sauta à bas de son lit, courut à la fenêtre.

L'hélicoptère télécommandé prenait l'air !

Chapitre 3

L'œil brillant

Le temps d'enfiler une robe de chambre et des pantoufles, Alice retrouva son père et Sarah dans le vestibule. Sans un mot, ils se ruèrent tous trois sur le perron. M. Roy tourna le commutateur qui allumait la lampe extérieure. La pelouse fut illuminée.

Les cordes qui retenaient l'appareil traînaient à terre. L'hélicoptère n'était plus en vue, mais des lumières mouvantes dans le ciel indiquaient qu'il avait pris une direction nord-est.

« C'est vers Emerson », dit Alice.

Puis elle pensa soudain au policier en faction près de l'appareil.

« Où est-il ? » demanda-t-elle.

Il n'était nulle part en vue.

« Il a peut-être été enlevé lui aussi, suggéra Sarah.

— A bord de l'hélicoptère », ajouta M. Roy.

Alice avait une autre idée.

« Il a pu être assommé et abandonné quelque part. Cherchons. »

Ils n'eurent pas loin à aller. Le garde gisait inconscient dans le garage des Roy. Malgré leurs efforts, il ne reprit pas connaissance. Le père d'Alice alerta le commissariat.

Quelques minutes plus tard, une ambulance avec un médecin à bord, suivie par une voiture de police avec deux inspecteurs, arrivait sur les lieux. Le docteur Tompkin examina rapidement le policier blessé.

« Il a reçu un violent coup sur la tête. Nous allons le transporter tout de suite à l'hôpital. Il faudra sans doute l'opérer.

— C'est terrible ! fit Sarah.

— En effet, madame, dit un des inspecteurs qui se présenta sous le nom d'Ermann. Tous les crimes sont affreux. Si vous le voulez bien, nous allons entrer dans la maison et vous nous raconterez les faits. »

Sarah prépara rapidement du chocolat chaud. Tout en se restaurant, Alice, son père et Sarah expliquèrent ce qu'ils savaient de l'affaire.

« C'est très étrange, fit Ermann. Bien sûr, ce qu'il nous faut trouver, c'est la base de cet hélicoptère. Je vais demander au patron s'il a déjà mis quelqu'un là-dessus. Sinon, nous allons nous en occuper tout de suite. »

Les deux inspecteurs se levèrent, remercièrent Sarah pour sa collation et prirent congé.

M. Roy referma la porte d'entrée et sourit affectueusement à sa fille.

« Tu avais eu toi-même l'idée de rechercher

la base de cet hélicoptère, n'est-ce pas, ma chérie ?»

Alice inclina la tête en signe d'assentiment. Puis, sur une subite intuition, elle changea de sujet.

« Papa, tu n'as jamais fini de me raconter cette histoire d'œil brillant.

— Non, mais je le ferai. Il est trop tard maintenant. Nous allons tous nous recoucher. »

Alice se rendit à sa chambre. Cependant elle ne cessait de penser. « Papa a-t-il voulu dire qu'il était trop tard parce que Marty King travaillait sur l'affaire ?»

La jeune fille ne parvenait pas à trouver le sommeil. Finalement, à six heures elle s'habilla, se rendit en voiture à l'étude de son père dont elle avait une clef. Elle fit une photocopie du message signé Ned, la mit dans son sac. Au passage, elle laissa l'original au commissariat à l'intention de M. Stevenson et rentra.

Personne n'était encore debout. Elle téléphona à Marion, puis à Bess.

« Voulez-vous m'accompagner à Emerson aujourd'hui ? demanda-t-elle. J'espère y trouver une piste qui nous mènerait à Ned. Pourriez-vous être prêtes dans une heure ?»

Les deux cousines promirent de se dépêcher. Alice prit un petit déjeuner froid, laissa un mot pour son père; puis partit en voiture chercher Marion et Bess.

Tandis qu'elles se dirigeaient vers la grand-route dans l'auto décapotable d'Alice, Bess demanda :

« Pourquoi une telle hâte ? As-tu découvert un indice ?»

Alice leur résuma les incidents de la nuit. Elles furent frappées de stupeur.

« Crois-tu que l'hélicoptère a été commandé à distance ou que celui qui a attaqué le garde s'est envolé avec ?

— Je l'ignore, répondit Alice. La police va sans doute venir ce matin et procéder à des recherches dans ce sens. »

Les jeunes filles gardèrent un instant le silence. Malgré leur inquiétude, elles jouissaient du chant matinal des oiseaux et du soleil qui semblait jouer à cache-cache.

Enfin, Bess prit la parole.

« Au fait, qu'est-ce qu'un cyclope ? Je me souviens qu'à l'école on nous l'a décrit comme un monstre avec un seul œil.

— J'ai regardé dans le dictionnaire pour m'en assurer, répondit Alice. Il s'agit d'une légende de la mythologie grecque. Il y aurait eu une race de bergers géants. Chacun n'avait qu'un œil placé au milieu du front. Les Cyclopes étaient chargés de fabriquer des armes et des armures pour les dieux mais aussi le tonnerre et la foudre. Apollon les fit tous mettre à mort parce que son fils, Asclépios, avait été tué d'un coup de foudre.

— Quelle sinistre histoire ! s'écria Bess. Mais que diable Ned veut-il dire par Cyclope ? »

Marion ne sut que répondre mais Alice avait son idée.

« J'ai l'intuition que l'œil brillant serait un Cyclope moderne. »

Bess écarquilla les yeux.

« Tu veux dire qu'il y a un monstre à un œil lâché dans la nature ? Et qui enlève les gens ?

— Oui, répondit Marion. Et son régime préféré consiste en jeunes filles rondelettes qui se gavent de sucreries. »

Bess fit une grimace à sa cousine.

« Alice, dit-elle, selon toi, Ned serait retenu par un monstre ?

— Avec un seul œil ? ajouta Marion.

— Parlons sérieusement, répondit Alice. Il se peut que Ned soit tombé sur un indice ayant trait au mystère de l'œil brillant. Je lui en avais vaguement parlé. Oh ! Comme je voudrais savoir ce que signifie son message ! »

Vers onze heures, Bess se plaignit de mourir de faim.

« Arrêtons-nous à Martin City et mangeons un morceau », proposa-t-elle.

Alice aurait préféré continuer sa route mais elle céda à son amie. Elles quittèrent l'autoroute pour prendre la sortie vers la ville industrielle située au bord du fleuve Wimpole.

« A propos, que fabrique-t-on ici ? demanda-t-elle.

— Du matériel pour la pêche en eau douce et des petites embarcations, répondit Marion. Papa y a acheté pas mal de choses. Savez-vous que c'est une ville historique ? Nous pourrions peut-être la visiter rapidement.

— Pas avant d'avoir déjeuné », déclara Bess fermement.

A un croisement, Alice demanda à un agent de police de lui indiquer un bon restaurant. Il leur recommanda le Bellevue. Quelques minutes plus tard, les jeunes filles arrivaient devant une jolie auberge en briques recouvertes

de lierre. A l'intérieur, meubles anciens et peintures formaient un bel ensemble.

« Comme c'est charmant! » s'exclama Bess en se dirigeant vers les toilettes pour se recoiffer.

Une serveuse les conduisit à une table près de la fenêtre. Alice, qui allait en tête, s'arrêta net. Dans un recoin étaient assis son père et Marty King!

« Qu'est-ce que tu as? » demanda Marion qui s'était cognée contre la jeune détective.

Alice ne répondit pas. Elle appela la serveuse.

« Nous préférerions nous asseoir là-bas au fond », dit-elle en choisissant une table hors de la vue de son père et de la jeune stagiaire.

Lorsque la serveuse se fut éloignée après leur avoir remis les menus, Alice expliqua à ses amies la cause de sa surprise.

« J'ai pensé que mieux valait que papa et Marty ne nous voient pas. »

Marion devina ce qui tracassait son amie.

« Tu as peur que Marty croie que tu les as suivis parce qu'elle veut travailler sur le mystère de l'œil brillant ?

— Oui, répondit Alice. Et je n'ai aucune envie d'en être accusée. Ils ont dû prendre l'avion. Mangeons rapidement et filons. »

L'espoir nourri par Alice de n'être pas repérée fut vain. Peu après, Marty arrivait droit sur les jeunes filles en se rendant à la cabine téléphonique de l'entrée. Elle parut surprise mais n'en dit pas moins gaiement :

« Salut, Alice ! Comment va ? Avez-vous déjà rattrapé les ravisseurs ? »

Alice lui présenta Bess et Marion. Avec un sourire, Marty leur dit :

« Ah ! Vous êtes les deux amies qui aident Alice à élucider les mystères. Vous en avez de la chance ! Excusez-moi, je dois donner un coup de téléphone urgent à l'étude. »

Elle s'éloigna sans dire un mot de M. Roy. Sous le coup d'une impulsion, Alice se leva en disant à Bess et à Marion :

« Commandez-moi du jambon, de la salade et un yaourt. »

Et elle traversa vivement la salle pour parler à son père.

Il parut surpris mais l'invita à s'asseoir.

« Marty est avec moi, dit-il. Nous avons pris l'avion pour nous occuper d'une affaire concernant un chantier de construction navale. Tu as décidé assez soudainement de te rendre à Emerson, me semble-t-il ?

— Oui, cela ne me conduira peut-être à rien d'intéressant mais j'essaie de suivre la direction prise par l'hélicoptère. A propos, papa, je me demande s'il n'y aurait pas un lien entre le cyclope mentionné par Ned et ton histoire de l'œil brillant. Tu ne m'as pas fourni tous les détails sur ce mystère que tu avais d'abord appelé l'affaire Anderson.

— En effet, il pourrait y avoir un lien entre les deux, convint l'avocat. Je te raconterai toute l'histoire quand j'en aurai le temps. »

Du coin de l'œil, Alice vit Marty revenir.

« Je vais te donner un conseil, reprit l'avocat. Va visiter le musée Anderson à Hager. C'est à dix kilomètres d'ici environ. »

Alice regagna sa table de bien meilleure humeur qu'elle ne l'avait quittée. Somme toute son père ne confiait pas son travail de détective à Marty King ! Bess et Marion perçurent aussitôt le changement chez leur amie. Mais elles n'eurent pas le temps de la questionner. Alice leur annonça tout de go qu'elles partiraient pour Hager en quête d'indices après le déjeuner.

« Quels indices ? A quel sujet ? demanda Marion.

— Quelque chose qui a trait au cyclope ou à l'œil brillant. »

Vingt minutes plus tard, les jeunes filles quittaient le restaurant, y laissant M. Roy et Marty. Les dix kilomètres furent rapidement franchis.

Hager était, elle aussi, une ville ancienne avec de somptueuses demeures en pierre de taille datant du siècle dernier. De grands arbres, des pelouses bien entretenues donnaient à l'ensemble un air cossu quoiqu'un peu austère.

« Je n'aimerais pas y vivre, fit Bess. J'aurais peur de troubler cette quiétude, je n'oserais même pas rire. »

Alice sourit :

« Ne te laisse pas impressionner. Je suis sûre que les gens d'ici sont très amicaux. »

Après avoir tourné un peu en rond, les jeunes filles arrivèrent devant un beau domaine clôturé par une haute haie. A l'entrée, une arche portait une grande plaque de cuivre sur laquelle était gravé : MUSÉE ANDERSON.

Alice gara sa voiture et les trois amies s'engagèrent sur la longue avenue menant au musée. Pas de fleurs, pas de massifs aux brillantes couleurs, rien que du gazon et des arbres à feuillage persistant.

Une femme mince, âgée, leur ouvrit la porte. Sa robe noire et sa coiffure stricte s'harmonisaient à l'austérité ambiante.

« Bonjour », dit-elle.

Son visage était vide d'expression.

« Je m'appelle Alice Roy, j'habite à River City, fit la jeune détective en souriant. Mon père m'a conseillé de visiter votre musée. »

Elle présenta ensuite Bess et Marion.

Son sourire n'éveilla aucun écho.

« Et moi, je suis Mlle Wilkin. Je ne connais pas votre père. La seule personne de River City qui soit venue dernièrement est une certaine Mlle King. Que désirez-vous voir en particulier ? »

Alice réfléchit rapidement. Que répondre ? Enfin une idée lui vint.

« Oh ! Ce qu'a vu Mlle King. »

Marion et Bess réprimèrent leur excitation et suivirent la femme qui se tenait raide, la tête bien droite. Elle leur fit traverser une salle où l'on ne voyait que des chevaliers en armure et des épées.

« Pouah ! Je n'aime pas cette pièce, murmura Bess. Elle me donne des frissons.

— C'est fort regrettable, dit Mlle Wilkin qui avait entendu. Des homme courageux combattant pour leur pays ont utilisé ces armes et ces cuirasses. »

Enfin, elles arrivèrent à une exposition comme jamais les jeunes filles n'en avaient vu. Des yeux en verre, très gros, étaient accrochés aux parois. Au-dessous, dans des vitrines, des illustrations donnaient des précisions sur certains types d'yeux.

« Regardez ! fit Marion. La notice dit que l'œil d'une mouche commune comporte quatre mille facettes.

— Pas étonnant que les mouches soient difficiles à attraper », commenta Alice.

Juste à ce moment les lumières s'éteignirent. La salle fut plongée dans une obscurité complète, mais soudain une lumière rougeâtre apparut au haut de la paroi du fond.

Quelques secondes plus tard, elle prenait la forme d'un œil, farouche, brillant !

Chapitre 4

Des cheveux de flamme

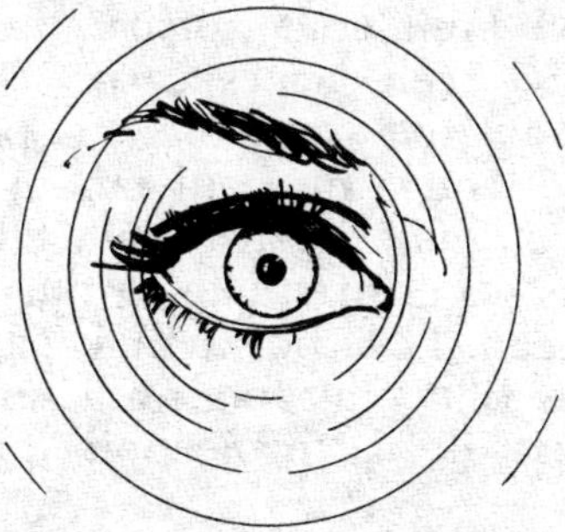

Pendant quelques secondes, Alice, Bess et Marion restèrent figées à la vue terrifiante de cet œil. A certains moments, il clignait et devenait plus brillant.

Bess saisit la main d'Alice.

« Qu'est-ce que c'est ? murmura-t-elle d'une voix blanche.

— Je n'en sais rien.

— Sortons d'ici, plaida Bess. J'en ai la chair de poule.

— Non, pas tout de suite, répondit Alice. Je veux voir ce qui va arriver. »

A peine avait-elle prononcé ces mots que l'œil brillant disparaissait. L'obscurité régna pendant plusieurs secondes, celles-ci parurent terrifiantes aux amies, puis les lampes du plafond s'allumèrent. Alice se tourna pour demander une explication du phénomène à Mlle Wilkin.

Elle s'était évaporée.

«Où est-elle allée et pourquoi? demanda Marion. Voilà une personne bien étrange.»

Les deux cousines se dirigèrent vers la sortie mais Alice s'arrêta pour examiner de près l'endroit où l'œil était apparu. Le mur était en bois, divisé en larges carrés, mais on ne distinguait aucune ouverture ni porte coulissante. Alice trouva un haut tabouret, le porta à l'endroit où était apparu l'œil. Elle s'y jucha. Malgré tous ses efforts, elle ne put faire coulisser le panneau. Et le bois n'était pas chaud!

La jeune fille était pourtant sûre qu'il ne s'agissait pas de la projection d'un œil sur le mur.

«Il doit y avoir une lumière froide derrière ce panneau, se dit-elle. Une lumière très brillante qui ne dégage pas de chaleur.»

Ses amies étaient revenues sur leurs pas.

«Tu as découvert quelque chose? s'informa Marion.

— Non, répondit Alice. C'est une véritable énigme.»

Elles retrouvèrent Mlle Wilkin assise derrière un bureau dans le hall d'entrée. Elle avait le même visage inexpressif et ne leur offrit aucune explication sur l'incident. Alice la questionna.

«Je suis sortie pour voir pourquoi les lumières s'étaient éteintes, répondit avec raideur la guide.

— Et l'œil brillant?

— Oh! fit Mlle Wilkin, il sert aux élèves ingénieurs d'Emerson qui viennent assister aux cours donnés par les savants de notre comité.

— Et les étudiants sont-ils censés fournir une explication sur cet œil ? demanda Alice.

— Oui, mais jusqu'ici aucun n'en a été capable. »

La femme se leva et escorta les visiteuses jusqu'à la porte. Elle semblait impatiente de les voir partir.

Alice lui sourit.

« Pouvons-nous revenir un jour voir les autres salles ? dit-elle.

— Bien sûr », répondit Mlle Wilkin, mais sa voix manquait de chaleur.

Dans la voiture, les trois amies discutèrent de l'étrange incident.

« Crois-tu qu'il y ait un rapport entre la disparition de Ned et cet œil brillant ? demanda Marion.

— Peut-être, répondit Alice. Il est élève ingénieur. Mais je m'étonne dans ce cas qu'il ne m'ait pas parlé de l'œil.

— Moi pas, fit Marion, taquine. Peut-être tenait-il à trouver seul la solution d'un problème.

— Il est possible qu'il ait découvert le secret de l'œil brillant, dit Alice, et qu'on l'ait enlevé à cause de cela.

— Dans ce cas, les ravisseurs auraient un lien avec le musée Anderson, dit Marion.

— Peut-être indirectement », répondit Alice.

En elle-même, elle se disait :

« Je me demande ce que Marty King sait à ce propos. »

Bess, qui avait gardé le silence jusqu'ici, grommela :

« Cette Mlle Wilkin ne me plaît pas du tout.

Je ne me fierais pas un instant à elle. On dirait une revenante. Et je parie qu'elle en sait beaucoup plus qu'elle ne le dit.

— J'aurais tendance à le croire, fit Alice. Arrêtons-nous à la bibliothèque de la ville et voyons ce que nous pourrons trouver sur le musée Anderson. »

La jeune documentaliste qui les reçut leur avoua n'avoir jamais été au musée. Elle avait cru comprendre que c'était un endroit étrange.

« Mais regardez dans le classeur des revues. Je crois qu'il y a un article à ce sujet. »

Les recherches d'Alice ne furent guère récompensées. Elle apprit qu'une importante donation avait été faite au musée à des fins éducatives. Mais il n'y avait aucune allusion à un œil brillant.

« Bob et Daniel savent peut-être quelque chose sur cet œil », suggéra Marion.

Alice prit aussitôt la direction du collège. Les garçons habitaient la résidence « Oméga ». Ils venaient tout juste de rentrer et accueillirent chaleureusement les jeunes filles. Bob était blond, carré, robuste et très athlétique ; Daniel, blond lui aussi, était mince. Ils faisaient tous deux partie de la même équipe de football que Ned.

« Avez-vous des nouvelles de Ned ? demanda aussitôt Alice.

— Pas la moindre, répondit Bob. Mais nous avons obtenu un renseignement intéressant : il y aurait un lien entre un certain jeune homme et la disparition de Ned.

— Raconte vite », supplia Alice.

Bob lui dit qu'à un des cours d'électronique que suivait Ned assistait un garçon aux cheveux roux ardent. Ils travaillaient côte à côte au laboratoire.

« Or, il a disparu en même temps que notre ami, dit Bob.

— Nous avons également appris, ajouta Daniel, que ce Zapp Crosson a son brevet de pilote. »

Cette information intrigua Alice.

« Si bien qu'il aurait pu piloter le mystérieux hélicoptère et, qui sait, le programmer lui-même pour le faire voler seul », fit-elle rêveuse.

Les deux garçons approuvèrent de la tête.

« Alice, nous pensons que tu sais ce qu'il faut faire maintenant, dit Bob.

— Rien de nouveau à propos de la direction prise par l'appareil ? » demanda Alice.

Selon Daniel, personne dans les environs d'Emerson n'avait entendu parler d'un hélicoptère portant le numéro d'immatriculation de celui qui volait sans pilote. La police locale avait effectué une enquête à un petit aérodrome proche d'Emerson et s'était entretenue avec des membres d'un club de ballons situé à proximité, mais personne n'avait pu fournir le moindre renseignement.

« Nous avons encore le temps d'ici le dîner de nous livrer à une exploration, ajouta Daniel. Puisque vous êtes ici vous pourriez vous installer au rez-de-chaussée, dans la chambre d'amis de la résidence.

— Je ne savais pas que vous en aviez une, fit en riant Bess.

— Oh ! Nous autres de la résidence "Oméga",

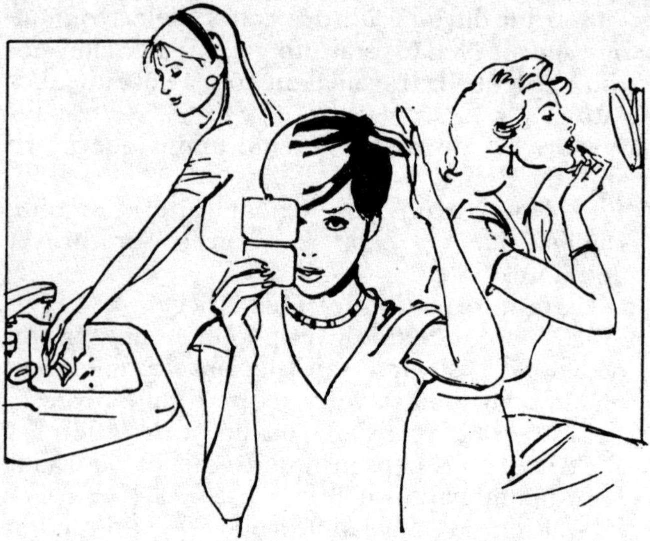

nous essayons d'être à la page», dit Daniel en lui faisant un pied de nez.

Les garçons conduisirent leurs amies à une charmante chambre comportant trois lits et une salle de bain.

«Alice, je vais prendre ta voiture et faire le plein d'essence, proposa Bob. Rendez-vous devant la porte d'entrée dans dix minutes.»

Tandis que les jeunes filles se lavaient les mains et se recoiffaient, Marion demanda à Alice.

«Que penses-tu de ce Zapp Crosson?

— Je me pose une question. Y aurait-il un lien entre le travail de Zapp et celui de Ned? Il se peut que Ned ait voulu tenir secret son propre projet jusqu'à ce qu'il ait obtenu des résultats concrets.»

Elles rejoignirent les garçons. Ceux-ci connaissaient l'emplacement des aérodromes environnants. Ils prirent tous place dans la voiture d'Alice. Bess et Marion racontèrent à leurs amis l'incident de l'œil brillant.

Alice se sentait bien seule sans Ned et se tourmentait à son sujet plus qu'avant. Daniel perçut son inquiétude. D'un ton léger il dit :

« A propos d'œil brillant, j'ai appris aujourd'hui en cours de biologie que l'œil d'une langouste se compose de quatre mille facettes, dont chacune est un œil séparé. »

Marion sourit.

« Je ne savais pas que le fond de la mer exigeait tant d'yeux pour y voir à fond.

— Oh ! Marion, quel déplorable jeu de mots. Tu n'es pas très en forme », déclara Bess.

Les autres rirent. Bob qui était au volant demanda :

« Dans quelle direction ?

— Nord-est à partir de ma maison de River City, répondit Alice.

— Emerson est légèrement au nord-est, répondit Bob. Mettons donc le cap à l'est. »

Tous furent d'accord. Dix minutes plus tard, ils arrivaient à un aérodrome privé. Un hélicoptère s'y posait. Bob s'engagea sur le terrain et alla droit vers le point d'atterrissage.

Un jeune pilote à l'aspect très sympathique sauta à terre.

« Salut ! fit-il. Vous voulez faire un tour ? »

Alice descendit aussitôt de voiture.

« Vous emmenez des gens faire des balades ? demanda-t-elle prise d'une idée subite.

— Pour sûr. N'importe où dans un rayon de

deux cents kilomètres. Mes tarifs sont modestes. »

Alice fut de cet avis lorsqu'il les annonça.

« Combien de passagers pouvez-vous prendre à bord ?

— Trois.

— D'accord, fit Alice. Peut-on partir sur-le-champ ?

— Dans quelques minutes. Juste le temps de refaire le plein et nous pourrons faire une balade d'une heure. »

Pendant que le pilote s'occupait de son appareil, Alice expliqua rapidement à ses amis que c'était une occasion unique de survoler la région autour d'Emerson.

« Qui vient avec moi ? » dit-elle.

Bess et Daniel proposèrent de rester à terre.

« J'en profiterai pour jeter un coup d'œil aux autres avions », dit Daniel.

Un quart d'heure plus tard les trois passagers montaient à bord et l'hélicoptère prenait l'air.

« Je m'appelle Glenn Manson, dit le pilote. Y a-t-il quelque chose que vous désirez voir en particulier ? »

Après s'être nommée à son tour et avoir présenté ses amis, Alice répondit :

« Oui. Pourriez-vous survoler le plus d'aérodromes possible, privés ou publics ? »

Glenn haussa les sourcils.

« Avez-vous une idée derrière la tête ? Pourquoi ce désir bizarre ? »

Alice lui parla de l'hélicoptère mystérieux qui avait atterri sur leur pelouse.

« Avez-vous jamais vu ou entendu parler d'un

hélicoptère télécommandé dans cette région? demanda-t-elle.

— Oui. Un de mes amis spécialiste en ordinateurs en possède un. Aimeriez-vous faire sa connaissance?»

Alice était si excitée qu'elle avait peine à parler calmement. Elle réussit cependant à dire :

«Ce serait avec plaisir.»

Glenn traça un demi-cercle, vola quelques kilomètres, puis descendit.

«Voici Jerry. Il est en train de régler son hélicoptère pour qu'il décolle.»

L'appareil de Jerry était beaucoup plus petit que celui qui avait atterri sur la pelouse des Roy. C'était sans doute pour cela, pensa Alice, que la police n'en avait pas parlé.

Alice, Marion et Bob descendirent de l'appareil de Glenn qui leur présenta Jerry Faber, un grand garçon dégingandé aux yeux pétillants.

«Alice est à la recherche d'un hélicoptère télécommandé, dit Glenn.

— Un plus grand que le vôtre», précisa la jeune fille.

Jerry sourit.

«Désolé de ne pouvoir vous être d'aucune aide. Mais venez, je vais vous montrer mon nouvel appareil, une vraie beauté.»

Il les conduisit à un hangar au bord du terrain, ouvrit la porte. Devant eux se dressait un hélicoptère rutilant.

«Je l'ai baptisé Emmy, dit fièrement Jerry. Ce n'est pas un robot, je peux transporter dix passagers sur un rayon de cinq cents kilomètres.»

Malgré sa déception de ne pas reconnaître

l'hélicoptère qu'elle recherchait, Alice manifesta son admiration.

«C'est un appareil splendide. Vous vous en servez uniquement pour votre plaisir?

— Oh! non, je transporte des hommes d'affaires et parfois de simples touristes. Il y a une semaine j'ai emmené un mystérieux passager. Il ne m'a pas donné son nom entier. "Appelez-moi simplement Crossy", a-t-il dit.

— Crossy? s'écria Bob. Pourriez-vous me le décrire?

— Il avait des cheveux roux ardent.

— C'est celui-là! fit Bob. Nous pensons...»

Un regard d'Alice l'empêcha d'achever : «Nous pensons qu'il est un ravisseur...»

«Le connaissez-vous?» demanda Glenn, surpris.

Bob répondit que le garçon en question était peut-être un étudiant diplômé d'Emerson qui avait disparu.

«Où l'avez-vous emmené?» demanda Alice.

Jerry réfléchit un moment.

«Ah! je me rappelle maintenant. C'était au-dessus de River City.»

Les visiteurs échangèrent des regards entendus. Alice voulut savoir pourquoi Crossy avait paru mystérieux à Jerry. C'était, dit-il, parce qu'il avait sorti de sa poche des jumelles et les braquait sur toutes les maisons de la ville.

«J'ai fini par rire et lui demander s'il avait une petite amie dans la ville? Plus ou moins, m'a-t-il répondu. Elle est rudement astucieuse et connaît la loi aussi bien qu'un avocat!»

Alice sursauta. Serait-ce Marty King? Dans ce cas, que savait-elle de Crosson? Essayait-elle par lui d'obtenir des renseignements sur l'œil brillant?

« Crossy vous a-t-il dit autre chose? demanda-t-elle.

— Non. Il n'était guère bavard. Cependant il m'a posé un tas de questions sur la programmation très compliquée d'un ordinateur.

— Cet étudiant est sans doute un as dans ce domaine, remarqua Bob. Si jamais vous le revoyez ou entendez parler de lui, soyez assez gentil pour nous prévenir.

— Promis, répondit Jerry, et maintenant il faut que j'aille à un rendez-vous. Promenez-vous autant que vous voudrez. »

Le groupe remercia le pilote et lui dit au revoir. Jerry courut vers son hélicoptère et y monta. Il mit en route les rotors et décolla. Les autres le regardèrent avec attention.

« Oh! s'écria tout à coup Marion. Jerry a des ennuis! »

Horrifiés, ils virent l'appareil descendre en vrille.

Chapitre 5

Etrange prison

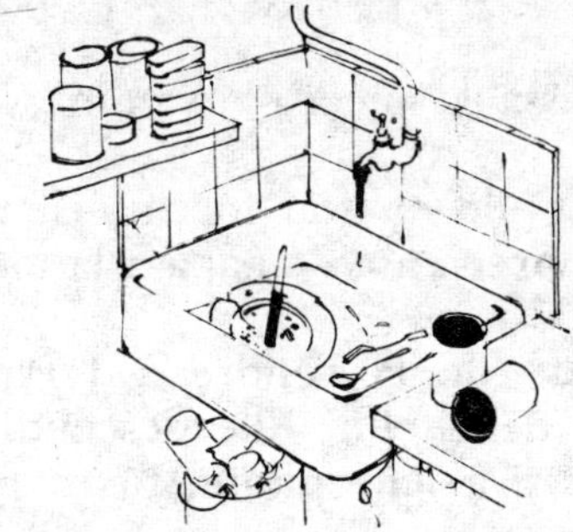

Ils observaient l'hélicoptère dont Jerry semblait avoir perdu le contrôle, Glenn, à leurs côtés, éclata soudain de rire. Les autres le regardèrent, ahuris.

« Jerry a réussi à m'avoir moi aussi. Il n'a aucun ennui. Il se livre à des acrobaties en votre honneur. Bravo ! Ce sont des manœuvres très difficiles à exécuter. C'est vraiment un as.

— Pour ça oui ! » fit Bob, admiratif.

Jerry redressa son appareil et s'éloigna. Au sol, les spectateurs l'imaginaient souriant de son exploit. Lorsqu'il eut disparu, Glenn et les trois amis retournèrent dans le hangar examiner le grand hélicoptère. Alice monta pour jeter un coup d'œil à l'intérieur.

« Quelle belle panoplie d'appareils ! s'exclama-t-elle. Il doit y avoir au moins une centaine de boutons, manettes, leviers, lumières sur ce tableau de bord. »

Tandis que ses yeux erraient sur cet ensemble compliqué, elle vit sur le plancher une pièce de monnaie.

« Tiens, serait-ce Jerry qui l'a laissée tomber ? se dit-elle, ou un passager — peut-être Crosson ! »

Elle ramassa la pièce, l'examina. Elle datait de 1923.

« Hum ! fit-elle en son for intérieur. Elle est ancienne et précieuse — papa a la même. Dois-je la laisser ici ? »

Elle décida de la rendre à Jerry par l'intermédiaire de Glenn. Elle descendit à terre,- remit la pièce à leur pilote, fit sa requête et- ajouta :

« Si Jerry sait qui l'a perdue, qu'il me téléphone, s'il vous plaît. »

Elle écrivit sur un bout de papier le numéro de téléphone de la résidence « Oméga ».

Glenn promit de le faire.

« Il est temps de partir, dit-il ; dans une demi-heure, j'ai un autre travail qui m'attend. »

Il ramena ses passagers à l'aérodrome et s'éloigna en vitesse. La voiture d'Alice n'était plus en vue.

« Bess et Daniel ont dû la prendre », dit Alice.

Les deux jeunes gens étaient partis dans le cabriolet peu après le départ de leurs amis.

« Jouons au détective dans ce secteur, proposa Daniel en se dirigeant vers la route.

— Par où commençons-nous ? demanda Bess. Nous sommes en pleine campagne. Sans avoir le flair d'Alice, mon intuition me dit que Zapp Crosson ou le ravisseur de Ned, quel qu'il soit, a bien pu choisir un coin aussi isolé comme repaire.

— Tu as raison.»

Après avoir parcouru quelques kilomètres, ils arrivèrent près d'une vieille ferme en ruine à un étage. Bess monta sur la véranda aux planches pourries. Les fenêtres étaient sans rideaux et elle aperçut à l'intérieur quelques éléments de mobilier à moitié cassés.

«Personne n'habite ici, je crois», cria-t-elle à Daniel.

Il descendit de voiture et vint jeter un coup d'œil.

«Voyons si la maison est fermée», dit-il.

Il tourna la poignée de la porte qui s'ouvrit aussitôt.

«Explorons l'intérieur.

— Non merci, fit Bess. Les maisons désertes qu'aucune clef ne défend ne me disent rien qui vaille.»

Sans faire de commentaire, Daniel franchit le seuil d'un pas décidé.

«Si je ne suis pas de retour dans une demi-heure, préviens la police, plaisanta-t-il en lançant les clefs de la voiture à Bess.

— Attends, je t'accompagne», déclara vivement la jeune fille.

Bess avait peur mais elle craignait plus encore d'être jugée timorée par son ami.

D'un vestibule central partait un escalier raide. De chaque côté s'ouvrait une pièce. Un petit couloir conduisait à une cuisine remplie de boîtes de conserve. Une assiette et des couverts sales se trouvaient dans l'évier.

«Quelqu'un campe ici, observa Daniel.

— Je parie que ce quelqu'un n'a aucun droit d'y être, répondit Bess. Cependant je ne veux pas être surprise en flagrant délit de violation de domicile. Allons-nous-en!

— Non, dit Daniel. Je veux savoir qui est l'intrus. Je vais monter au premier étage. Toi, reste ici en faction.»

Bess n'avait guère envie d'être abandonnée seule mais cela lui disait encore moins de suivre Daniel. Elle referma la porte d'entrée, se posta non loin puis se mit à faire les cent pas devant les fenêtres.

Soudain, elle sursauta de frayeur. Quelque chose de lourd venait de tomber du premier étage. Elle courut au bas de l'escalier,- appela.

«Daniel! Tu n'as rien?»

Pas de réponse. Dominant sa peur, elle monta quatre à quatre les marches, sans cesser d'appeler Daniel. Il ne répondait pas. Elle traversa en courant des chambres à coucher à peine meublées sans trouver trace de son ami. Elle ne pouvait imaginer ce qui était tombé. Aucun escalier ne menait à l'étage supérieur.

«Oh! Daniel, où es-tu?» gémit Bess.

Elle ouvrit les placards l'un après l'autre, chaque fois en réprimant un frisson à la pensée de ce qu'elle y trouverait. Enfin, elle ouvrit le dernier placard et elle perçut des sons étouffés. Personne à l'intérieur. Elle posa l'oreille contre la paroi du fond.

«O-o-oh!» s'exclama-t-elle.

Le sol venait de s'ouvrir sous ses pieds et elle glissa sur une sorte de toboggan. Abasourdie, elle atterrit en pleine obscurité sur quelque

chose de mou qui bougea sous elle. Elle entendit un grognement.

« Daniel ! murmura-t-elle. Oh ! J'ai dû te faire mal.

— Tu m'as en effet coupé le souffle. C'est une chance que je sois habitué à bloquer le ballon de football !

— Où sommes-nous ? demanda-t-elle.

— Au fond d'une descente de linge sale vers une buanderie, répondit Daniel, C'est heureux qu'il y en ait eu un peu pour amortir ma chute. »

Bess s'inquiétait. Comment allaient-ils se sortir de là.

« Et puis je ne tiens pas à être surprise par la personne qui campe ici. Un homme sans doute. Il peut être dangereux. »

Daniel avoua ne pas avoir encore trouvé d'issue.

« Mais il y en a forcément une. »

Les deux captifs tâtèrent le sol et les parois de leur prison, mais ne trouvèrent ni poignée ni verrou. Alors ils se mirent à appuyer sur le bois.

« Je suis sûr d'une chose, dit Daniel. Comme nous sommes dans une cave au-dessous du rez-de-chaussée, ce cagibi a forcément une ouverture.

— Chut ! fit Bess comme il achevait ces mots. Ecoute. »

Elle avait entendu claquer la porte d'entrée. Maintenant, ils percevaient un bruit de pas au-dessus d'eux.

Bess s'agrippa au bras de Daniel.

« On va nous trouver ! murmura-t-elle d'une voix tendue.

— Ici ? J'en doute », fit-il en lui pressant la main pour la rassurer.

Ils attendirent en silence. Les planches grinçaient sous le poids d'un homme qui inspectait la maison. Bess et Daniel pensèrent qu'ayant aperçu la voiture il était venu voir qui était là. Rassuré sans doute de trouver la maison déserte, l'homme s'en alla en faisant claquer la porte derrière lui. Peu après, ils entendirent une voiture s'éloigner.

« Sans doute un policier, dit Daniel. Au début j'ai pensé que ce pouvait être la personne qui utilise cette ferme. »

Une fois de plus, ils se mirent à appuyer sur les parois du cagibi. Enfin, Daniel mit le doigt sur un nœud dans le bois et une porte glissa. Ils se retrouvèrent dans une cave faiblement éclairée par le soleil qui filtrait à travers le soupirail. L'endroit était vide à part un grand lavoir et une pile de journaux couverts de poussière.

«Et maintenant, comment sortir de cette prison?» demanda Bess à Daniel après avoir promené le regard autour d'elle.

Aucune porte ou autre issue n'était visible.

Tandis que Bess cherchait un panneau dissimulé dans un mur, Daniel scrutait le plafond du regard. Il était couvert d'épaisses couches de toiles d'araignée mais le jeune homme crut déceler un panneau sous la cuisine. Il fit part de sa découverte à Bess.

«Monte sur mes épaules et essaie de l'ouvrir, dit Daniel. Les gens qui habitaient cette ferme devaient se servir d'une échelle.»

Il se pencha en avant. Bess grimpa sur ses épaules. Il se redressa. Bess leva les bras et put rapidement soulever une partie du plafond. Avec effort elle se hissa à travers l'ouverture.

«Et comment vas-tu sortir? demanda-t-elle à Daniel.

— Ne t'en inquiète pas pour le moment. Je veux d'abord examiner ces vêtements sur lesquels nous sommes tombés. Peut-être nous fourniront-ils un indice pour notre détective en chef»

Bess chercha un escabeau. Elle en trouva un dans un placard.

Daniel lui fit part en riant de ses trouvailles.

«Il n'y a que des vêtements d'homme dans le cagibi et rien dedans sauf une pièce de monnaie dans une poche de chemise.»

Bess gloussa.

«Monte-la. Ce peut être un porte-bonheur. Tiens, voici un escabeau. Je te le passe.»

Daniel le saisit et un instant plus tard il était près de Bess. Il se baissa, tira à lui l'escabeau.

« Filons maintenant, dit Bess. Si Alice, Marion et Bob sont de retour, ils vont se demander où nous sommes passés. »

Ils partirent sans rencontrer personne et peu après retrouvaient leurs amis à l'aérodrome.

« Où étiez-vous ? demanda vivement Marion. Nous croyions que vous aviez été enlevés vous aussi.

— Nous étions prisonniers, répondit Daniel. Et c'est une chance que nous soyons revenus. Bess, devons-nous leur raconter où nous avons été détenus ? »

Son regard pétillait.

« Lorsqu'ils nous aurons raconté où ils sont allés, eux », répondit Bess en souriant.

Alice comprit qu'ils ne céderaient pas, aussi leur résuma-t-elle le voyage en hélicoptère. Elle mentionna la pièce de 1923 trouvée dans le grand appareil de Jerry Faber.

« Moi aussi, j'en ai trouvé une », déclara Daniel.

Il la sortit d'une poche de son jean. Après en avoir regardé la date, il s'exclama :

« Ça alors ! C'est aussi une pièce de 1923 !

Chapitre 6

Un mystérieux vol par effraction

« Quelque chose me dit que ces pièce appartiennent toutes deux à ce Zapp Crosson », dit enfin Alice.

Après avoir écouté le récit de la mésaventure de Bess et de Daniel, elle émit une hypothèse.

« Il a pu laisser tomber la première dans l'hélicoptère en survolant River City, et la seconde, il l'a oubliée à la ferme.

— Autrement dit, intervint Marion, selon toi il aurait mis la seconde pièce dans la poche de sa chemise et aurait changé de vêtements.

— Je le soupçonne surtout de se servir de cette ferme comme repaire. »

Bess était sûre que le suspect ne se livrait à aucune activité dans la ferme.

« Daniel et moi, nous l'avons inspectée à fond avant de dégringoler dans la descente. »

Marion éclata de rire.

« Je parie qu'il ne va pas là-bas uniquement pour laver ses vêtements.

— Sans doute y va-t-il pour revêtir quelque déguisement destiné à berner les policiers, dit Bob. Ne serait-ce que pour dissimuler ses fameux cheveux trop voyants. »

Bob prit le volant et ils se mirent en route. Une vive discussion s'éleva. Alice pensait qu'il fallait faire surveiller la ferme.

« Mais je préférerais tenir la police en dehors aussi longtemps que nous ne serons pas sûrs que Crosson est notre homme.

— Bob et moi, nous pourrions passer la nuit dans cette maison, proposa Daniel. Il y a plein de boîtes de conserve. Nous ne mourrons pas de faim. S'il n'y a pas de voiture dans les parages, Crosson ne soupçonnera rien. Quand il arrivera, je me jetterai sur lui et l'empêcherai ainsi de s'échapper. Mon entraînement au football me servira. »

Bob vira, prit la direction de la ferme. Comme ils en approchaient, il dit aux jeunes filles :

« Rentrez toutes trois à Emerson et revenez nous chercher de bonne heure demain matin. »

Les deux garçons descendirent de voiture et se dirigèrent vers le bâtiment par-derrière, afin qu'on ne les voie pas.

Pendant ce temps, Alice prenait le volant et démarrait aussitôt. A leur retour à la résidence, les étudiants se précipitèrent vers elles et les assaillirent de questions.

«Des nouvelles de Ned?

— Qu'avez-vous découvert?»

Les jeunes filles ne purent leur apprendre grand-chose. Toutefois une maison déserte leur avait paru un peu suspecte, aussi Bob et Daniel avaient décidé d'y passer la nuit. Les étudiants se contentèrent de ces nouvelles et les jeunes filles s'empressèrent de gagner la chambre d'amis.

«J'ai grand besoin d'un bon bain et d'un shampooing, déclara Bess. Vous ne voyez pas d'inconvénient à ce que j'utilise en premier la salle de bains?

— Non, vas-y», dit Alice.

Elle s'assit sur une chaise et se mit à regarder par la fenêtre, mais elle avait l'esprit ailleurs. Elle passait en revue les différents épisodes de la journée, essayant de rassembler les pièces du puzzle. «Si Crosson se rend à cette ferme, y amène-t-il Ned?» se demandait-elle. En y réfléchissant, c'était impossible. «Oh! Ned, Ned où es-tu? murmurait-elle tristement. Si tu ne peux envoyer un autre message, concentre-toi de toutes tes forces pour me transmettre un indice par télépathie.»

Un peu plus tard, Marion lui tapa sur l'épaule.

«Finis de rêvasser, lui dit-elle. La salle de bains est libre. A ton tour.»

Distraitement, Alice se leva et alla se plonger dans la baignoire. Rafraîchie, plus détendue, elle enfila une robe pour le dîner.

Les membres du club de Ned se montrèrent gentils et pleins de sollicitude. Ils s'employèrent de leur mieux à les distraire, surtout Alice. Le repas terminé, un grand garçon aux yeux d'un bleu profond, appelé Tom Rankin, mit des disques. Alice appréciait la musique mais avant la fin de la première face on l'appela au téléphone.

« Allô ! Qui êtes-vous ? demanda-t-elle.

— Peu importe qui je suis. Je veux savoir où sont Bob Eddleton et Daniel Evans. »

Aussitôt, Alice fut sur le qui-vive. Au lieu de fournir le renseignement elle dit :

« Je ne répondrai que lorsque vous vous serez nommé. »

Pas de réponse. Au bout de quelques secondes l'interlocuteur raccrocha.

Quand Alice rejoignit le groupe, elle commença à s'inquiéter au sujet de Bob et de Daniel. Elle demanda au garçon qui avait décroché le téléphone avant de lui passer la communication, si l'homme avait d'abord voulu parler à Bob ou à Daniel.

« Oui. Quand je lui ai dit qu'ils n'étaient là ni l'un ni l'autre, il vous a réclamée. Un ennui ?

— Je ne sais pas, mais l'interlocuteur a refusé de me dire son nom », répondit Alice.

Bess et Marion furent bouleversées en apprenant ce qui venait de se passer. Bess était hors d'elle.

« Je suis sûre que c'était Crosson. Il ne lui suffit pas d'avoir enlevé Ned, maintenant il va s'attaquer à Bob et à Daniel ! »

Marion ne partageait pas les craintes de sa cousine.

« Ne te tourmente pas. Bob et Daniel sauront se défendre s'ils se trouvent face à Crosson.

— Mais imagine qu'il amène des complices et qu'ils maîtrisent Bob et Daniel ? »

Une discussion suivit. Fallait-il oui ou non alerter la police ? Mais les amies avaient confiance dans la force et l'esprit de ressource des garçons pour faire face à n'importe quelle situation.

« Allons nous coucher, déclara Marion, demain nous irons là-bas de bonne heure. »

Les jeunes filles dirent bonsoir aux membres du club et gagnèrent leur chambre. Mais aucune ne dormit bien, et dès six heures le lendemain matin, elles étaient debout.

Tom Rankin, le grand blond amical, était levé lui aussi. C'était son tour d'assurer le service à la cuisine. Les trois amies l'aidèrent et ils prirent ensemble le petit déjeuner.

« Où partez-vous ? demanda Tom.

— Chercher Bob et Daniel », répondit Alice sans fournir d'autres précisions.

Quand elles arrivèrent à la ferme, elles la trouvèrent déserte. Alice ouvrit la porte d'entrée, appela. Pas de réponse. Rapidement les jeunes filles parcoururent les diverses pièces. Marion prit même l'escabeau pour inspecter la cave. Elle regarda dans la descente par où on jetait le linge sale et où la veille se trouvaient des vêtements. Bob et Daniel n'étaient nulle part.

Quelques instants plus tard, Alice, Bess et Marion étaient dans la salle de séjour. Elles se regardaient en proie à une même pensée. Bob et Daniel avaient-ils été enlevés ?

« Oh ! Je ne peux pas le supporter ! gémit Bess,

les yeux pleins de larmes. Pourquoi avons-nous laissé les garçons ici?

— Du calme! ordonna Marion. Pleurer ne sert à rien. Fais travailler tes méninges et aide-nous à résoudre... »

Alice l'interrompit par une question pertinente.

« Marion, as-tu vu des vêtements dans le cagibi? »

La jeune fille reconnut ne pas y avoir prêté attention, aussi, une fois de plus, descendit-elle par l'escabeau dans la cave, fit glisser la porte de la descente. Il n'y avait rien à l'intérieur.

« Maintenant, je sais que Crosson est venu! » pensa-t-elle.

Marion n'était pas une fille à éclater en sanglots. Pourtant elle eut peine à remonter de la cave et à faire part aux autres de ses soupçons.

« Je vais faire le tour de la maison », dit-elle.

Pendant ce temps, Alice et Bess cherchaient dans les diverses pièces un indice susceptible de les éclairer sur le sort des deux garçons. Elles espéraient qu'ils avaient pu se débrouiller pour laisser un message. Elles ne trouvèrent rien.

Marion achevait de scruter le sol devant la ferme, espérant y découvrir une trace quelconque lorsqu'elle vit arriver une voiture de police. Un inspecteur en civil ouvrit une portière et cria à la jeune fille :

« Alice Roy est-elle ici?

— Oui », répondit Marion en se demandant si l'inspecteur apportait de mauvaises nouvelles.

Elle se précipita dans la maison, appela Alice. Celle-ci sortit aussitôt, Bess sur ses talons.

« Bonjour. Je m'appelle Anthony Rousso », dit l'inspecteur.

Les jeunes filles se présentèrent à leur tour.

« Avez-vous un message pour moi ? » demanda ensuite Alice.

L'inspecteur fit un signe de tête affirmatif. Il était passé à la ferme un peu plus tôt et y avait trouvé Bob et Daniel qui lui avaient expliqué la raison de leur intrusion.

« J'ai appris qu'ils n'avaient rien mangé depuis hier à déjeuner, ajouta-t-il en souriant, aussi les ai-je emmenés au restaurant Campbell où ils vous attendent. »

Les trois jeunes filles poussèrent des soupirs de soulagement. Alice confia au policier leur inquiétude passée.

Rousso rit de bon cœur.

« Ce doit être rudement difficile d'avoir le dessus sur ces deux costauds », dit-il.

Alice demanda à l'inspecteur s'il savait qui habitait la ferme.

« Personne.

— Pensez-vous qu'un clochard y ait élu domicile ? » insista-t-elle.

Rousso en doutait, bien qu'il eût remarqué des couverts sales dans l'évier.

« Je passe assez souvent ici et je n'ai jamais vu personne alentour. »

Alice le remercia d'avoir transmis le message des deux garçons. Les jeunes filles partirent aussitôt les chercher. Quand elles arrivèrent au restaurant, Bob et Daniel les attendaient sur le pas de la porte.

« Salut ! » firent-ils gaiement.

Bess ne leur rendit pas leur sourire.

« Pourquoi ne pas nous avoir laissé un mot, gronda-t-elle. Nous étions mortes d'inquiétude. Nous pensions que vous aviez été enlevés.

— Enlevés ! » fit Bob en éclatant de rire.

Ils n'avaient, leur dit-il, rien trouvé à la ferme de nature à établir un lien avec Crosson et ils avaient passé une nuit très paisible.

Marion n'était pas disposée à croire cette déclaration.

« Comment les vêtements ont-ils disparu du cagibi dans ce cas ? » demanda-t-elle.

Les deux garçons se regardèrent, interloqués. Ils durent avouer qu'ils ne l'avaient pas inspecté et ignoraient que les vêtements avaient été enlevés.

« Mais je suis sûr que ce n'est pas après notre arrivée, déclara Bob. Quelqu'un a dû venir les chercher entre le moment où Bess et Daniel ont quitté la ferme et celui où nous y sommes arrivés tous les deux. »

Durant le trajet de retour à Emerson, Bess et Marion taquinèrent Bob et Daniel. Elles leur reprochèrent d'avoir dormi profondément, ce qui les avait empêchés d'entendre l'homme qui venait reprendre ses vêtements, et surtout d'avoir ronflé si fort que celui-ci avait décelé leur présence.

« Assez ! Assez ! cria Daniel en se plaquant les mains sur les oreilles. Il faut que je me concentre sur mon prochain cours. »

Il jeta un coup d'œil à sa montre.

« Accélère, Bob, ou nous serons tous deux en retard. »

A l'approche du campus, Alice leur fit part

du mystérieux appel téléphonique d'un inconnu qui voulait savoir où ils étaient.

« Je me demande s'il est venu à la ferme avant ou après. »

Bob et Daniel étaient certains que c'était avant.

« De toute façon, s'il est venu après notre arrivée, il ne se sera pas aperçu que nous étions là, ajouta Bob. Nous ne ronflons pas! »

Il arrêta la voiture devant le bâtiment où avaient lieu les cours et descendit avec Daniel. Alice prit le volant et se dirigea vers la résidence « Oméga ». Un étudiant était de service dans le vestibule.

« Aucune nouvelle de Ned? s'enquit Alice.

— Non, rien, répondit-il. Mais une grande effervescence règne sur le campus. Il y a eu un vol!

— Vraiment? fit Marion. Où?

— Dans le bureau et le laboratoire où se font les travaux d'électronique et d'informatique. Ned et M. Crosson y poursuivaient des expériences. On a emporté un tas d'instruments. »

Aussitôt, Alice, Bess et Marion voulurent connaître tous les détails de l'affaire. Elles bondirent dans le cabriolet et Alice roula à toute vitesse jusqu'au lieu du vol. Quel lien pouvait-il bien y avoir entre ce vol et la mystérieuse disparition de Crosson et de Ned? se demandait Alice.

Chapitre 7

L'explosion

Alice, Bess et Marion trouvèrent la porte du laboratoire grande ouverte. Le professeur Titus, chargé de cette section, et un policier étaient à la recherche d'indices sur l'identité du voleur. L'inspecteur relevait des empreintes digitales.

Alice se nomma et présenta ses amies. Elle dit au professeur qu'elles essayaient d'élucider le mystère de la disparition étrange de Ned.

« Ah ! oui ! répondit M. Titus, j'ai appris que vous étiez très habiles. Vous êtes les bienvenues.

— Nous étions absentes et nous rentrons juste maintenant, expliqua Alice. Quand nous avons su ce qui était arrivé ici, nous sommes accourues. »

Le professeur Titus les conduisit auprès de l'inspecteur qui avait développé tous les clichés des empreintes grâce à un procédé instantané.

« Voyez, dit-il, celles-ci, pâles et anciennes, sont exactement les mêmes que celles-là, tout à fait récentes.

— Cela signifie-t-il, demanda Alice, que le responsable du vol connaît bien ce laboratoire ? »

L'inspecteur était enclin à le penser.

Alice eut envie de parler de Crosson parce qu'en son for intérieur elle était convaincue qu'il était l'auteur du vol. Mais d'un autre côté, pourquoi pénétrer par effraction dans un lieu où il pouvait travailler à sa guise ? Elle décida de ne rien dire encore à la police.

Elle demanda au professeur l'autorisation d'inspecter les lieux.

Il la lui accorda volontiers.

Les jeunes filles se promenèrent lentement, examinant les paillasses, certaines comportant des cuves, d'autres des appareils électriques. Contre un mur, se trouvaient des ordinateurs de différentes tailles. Les appareils électroniques semblaient très compliqués.

« C'est à y perdre la tête », se dit Alice, complètement désorientée.

Elle passa devant un classeur métallique qui se dressait seul entre deux fenêtres.

« Tiens, je vais jeter un coup d'œil à l'intérieur. J'y trouverai peut-être un renseignement qui m'aidera à résoudre cette affaire. »

Elle tira le tiroir du haut. Il était bourré de livres, tous très techniques et spécialisés. Alice doutait fort qu'ils puissent lui fournir un indice.

« Je les examinerai plus tard », décida-t-elle en refermant le tiroir.

Elle ouvrit ensuite celui du dessous, qui était

plus grand. Avant qu'elle ait pu voir ce qu'il contenait, une soudaine explosion se produisit à l'intérieur. Tout le classeur s'effondra.

La force de l'explosion projeta Alice contre le mur opposé, les carreaux des fenêtres volèrent en éclats. Par chance aucun débris ne la frappa. Dans la salle, tous accoururent pour voir si elle était indemne.

« Alice! s'écria Bess.

— Je n'ai rien, répondit d'une voix tremblante la jeune fille encore sous l'effet du choc. J'ai dû déclencher la mise à feu d'un explosif. »

Tandis que Marion contemplait ce qui restait du classeur, elle hurla :

« Au feu! Les papiers flambent! »

Le professeur Titus s'était précipité vers l'extincteur le plus proche et donnait l'ordre d'aller en chercher un autre dans la salle voisine. Les papiers brûlaient, dégageant une fumée verdâtre. Les deux extincteurs ne parvenaient pas à éteindre les flammes.

« Prévenez vite les pompiers », cria le professeur Titus.

Marion se précipita dans le bureau pour téléphoner.

L'odeur devenait insoutenable, les obligeant tous à sortir. On ferma la porte. Le professeur Titus se rappela soudain qu'il y avait dans le plafond du laboratoire un système automatique contre l'incendie. Il actionna deux roues métalliques placées sur le mur de son bureau, entrouvrit la porte du laboratoire et jeta un coup d'œil. L'eau se déversait dans la salle. Quand les pompiers arrivèrent, l'incendie était maîtrisé.

« Je vois que nous n'avons pas à intervenir,

dit en souriant un des hommes, mais nous allons chercher la cause de l'incendie. »

Le professeur Titus avait l'air un peu honteux.

« Je ne me suis rappelé notre système d'extinction qu'après vous avoir appelés, dit-il. Ce dont nous avons besoin, je crois, c'est de spécialistes en bombes. »

Il parla de l'explosion produite dans le classeur et le capitaine des pompiers téléphona aussitôt au chef de la brigade des explosifs.

« S'il y avait quelque chose d'important pour nous dans ce classeur, cela ne nous servira plus à rien, dit Alice à ses amies.

— C'est sans doute ce que voulait celui qui a posé l'explosif », répondit Marion.

Alice se tourna vers le professeur Titus.

« S'il vous plaît, pourriez-vous me dire tout ce que vous savez sur Zapp Crosson.

— Très peu de chose en fait, répondit-il. Pourquoi ? Pensez-vous que... ? »

Voyant que la jeune fille n'était pas disposée à expliquer la raison de son intérêt pour l'étudiant, le professeur reprit :

« C'est un jeune homme peu communicatif, très secret. À différentes reprises, j'ai essayé d'engager la conversation avec lui. Tout ce que j'ai appris, c'est que ses parents étaient étrangers et qu'il avait fait une partie de ses études en Europe. »

Alice lui dit avoir cru comprendre qu'il travaillait à côté de Ned dans le laboratoire.

« Oui, répondit le professeur, et il aidait souvent Ned, surtout en dehors des cours réguliers et quand la salle était libre. »

Aussitôt Alice pensa : « Voilà un indice ! » Elle se demanda si Ned ne se livrait pas à des expériences personnelles. Dans ce cas, Crosson l'assistait-il ou le surveillait-il avec curiosité ?

A ce moment deux hommes de la brigade des explosifs arrivèrent avec tout leur matériel. Ils inspectèrent le moindre recoin pour s'assurer qu'il n'y avait pas d'autres bombes sur place.

L'odeur âcre dégagée par les flammes s'était dissipée grâce au ventilateur et le capitaine des pompiers autorisa l'entrée de la salle.

« J'aimerais jeter de nouveau un coup d'œil à l'intérieur, dit Alice au professeur.

— Allez-y. »

Il la présenta aux pompiers et leur dit qu'elle était détective amateur.

« Mais ses méthodes me paraissent dignes d'une professionnelle, ajouta-t-il avec un sourire.

— Dans ce cas nous serons très heureux de l'aide que vous pourrez nous apporter, dit un des hommes spécialistes en explosifs. Je m'appelle Jack Reilly. »

Alice lui sourit.

« Merci du compliment. Mais je ne pourrai certainement rien découvrir de plus que vous autres spécialistes. »

Le professeur Titus intervint vivement.

« La police n'a pu encore retrouver nos deux étudiants disparus : Ned Nickerson et Zapp Crosson. Or Mlle Roy est déjà sur plusieurs pistes. »

Les hommes se montrèrent très intéressés.

« Pouvez-vous nous en parler ? » demanda Reilly à la jeune détective.

Alice prit une profonde aspiration avant de répondre :

« Le professeur Titus exagère l'importance de mes découvertes. Je me suis trouvée mêlée à cette affaire à cause d'un étrange message qui m'est parvenu dans un hélicoptère télécommandé. C'était une mise en garde contre le cyclope.

— Le cyclope ? répéta Reilly. Qu'est-ce que c'est ?

— C'est ce que je m'efforce de savoir », répondit Alice.

Elle changea de sujet afin de ne pas avoir à donner trop de renseignements.

« J'aimerais continuer ce que je faisais avant l'explosion, si vous n'y voyez pas d'inconvénient, dit-elle.

— Aucun », répondit Reilly.

Alice s'éloigna. Elle inspecta pas à pas le sol jonché de débris. Soudain, dans un coin, elle repéra un objet qui semblait être un énorme œil de verre. Son cœur se mit à battre plus vite ; elle se précipita vers lui. Il se pouvait qu'il y eût un lien entre cet objet et l'œil étrange du musée Anderson. Elle demanda à Reilly de vérifier s'il n'était pas radioactif.

« Non », dit-il après l'avoir exposé devant le cadran d'un compteur Geiger.

Alice prit l'objet rond dans ses mains. Après l'avoir examiné attentivement, elle constata que le verre recouvrait un œil peint. Elle souleva le couvercle, étudia l'œil. Se cachait-il quelque chose dessous ? Un mini-ordinateur peut-être ? Elle le regarda longuement, referma le couvercle.

« Monsieur, demanda-t-elle au professeur Titus, savez-vous quelque chose sur cet objet ?

— C'est la première fois que je le vois.

— Et sur l'œil brillant du musée Anderson ? poursuivit la jeune détective.

— Je ne suis au courant de rien. »

Voilà qui est étrange, pensa Alice. Ne lui avait-on pas dit que l'œil appartenait au département scientifique d'Emerson et que les étudiants en avaient la responsabilité ?

Soudain l'œil se mit à frémir dans la main d'Alice. Le couvercle s'était soulevé. Avant qu'elle ait pu le refermer, une voix à l'intérieur du gadget dit : « Ne me touchez pas ! Je suis le mortel cyclope ! »

La jeune fille referma vivement le couvercle et reposa l'œil sur le plancher. La voix se tut.

« Laissez-moi le voir », dit Reilly, abasourdi.

Alice le lui tendit et quelques secondes plus tard, la voix répétait le message. Reilly referma le couvercle. La voix s'arrêta.

« Cela mérite un examen approfondi, dit-il. Je vais l'emporter. Je ne me fie pas au mécanisme qui se trouve à l'intérieur. Il pourrait bien déclencher une autre explosion — si la personne qui le tient n'obéit pas à ses ordres. Sortez, mesdemoiselles, pour éviter tout danger. Faites vite ! »

Chapitre 8

Un paquet déconcertant

Les trois amies retournèrent à la résidence « Oméga ». L'heure du déjeuner approchait. Bob et Daniel étaient déjà revenus.

« Et alors, qu'ont fait nos détectives de leur matinée ? plaisanta Bob. Avez-vous découvert le cyclope ?

— Non, mais nous avons eu de ses nouvelles, répondit Marion en prenant un air mystérieux.

— Quoi ! » s'exclama Daniel.

Elle racontèrent alors les événements survenus au laboratoire. Bob et Daniel les regardaient, stupéfaits.

« Une bombe a explosé ! fit Bob. Quelle chance que vous n'ayez pas été blessées ! Ainsi vous croyez que Crosson cachait quelque chose qu'il voulait garder secret. Qu'est-ce que cela pouvait bien être ?

— Des plans, des croquis pour une expérience à laquelle il travaillait», répondit Alice.

Elle se tut, regarda dans le vide, puis elle reprit :

«Crosson doit essayer de tirer de Ned des renseignements que celui-ci ne veut sûrement pas lui révéler, alors, ou Crosson les a volés, ou il a essayé de le faire. Il se peut que le fameux classeur ait contenu une partie des travaux de Ned et que Crosson l'ignorât. Pourvu que ces travaux ne soient pas détruits!»

La conversation fut interrompue par un étudiant venu prévenir Alice qu'on la demandait au téléphone. Elle alla répondre. C'était un agent du F.B.I.

«La police nous a priés de vous tenir informée de tous nouveaux renseignements concernant Ned Nickerson, dit l'homme. Je regrette de vous dire que jusqu'ici nous n'avons retrouvé aucune trace de lui ni de Zapp Crosson.

— J'en suis navrée, répondit Alice. Mes amies et moi n'avons pas eu plus de chance mais nous poursuivons nos recherches.

— Je vais venir d'ici deux heures avec un collègue inspecter la chambre de Ned Nickerson. Pourriez-vous nous retrouver à la résidence?»

Alice s'empressa d'accepter.

En attendant, ses amis et elle déjeunèrent. Ensuite Daniel et Bob devaient assister aux cours de l'après-midi.

«Pouvons-nous, Marion, Bess et moi, accompagner les deux agents du F.B.I. dans la chambre de Ned? demanda Alice. J'aimerais les voir travailler.»

Bob eut un sourire amusé.

« Si les agents n'ont aucune objection à formuler, il n'y a aucune raison pour que vous n'y alliez pas. Cela dit, demande bien à ces hommes de te montrer leurs plaques de police. Nous n'avons aucune envie que des imposteurs fouillent les affaires personnelles de Ned. »

Alice inclina la tête en signe d'assentiment.

« Peut-être aurons-nous ce soir une autre surprise pour vous », fit-elle avec un sourire.

Les garçons partirent. Peu après deux hommes se présentaient à la résidence et demandaient à parler à Alice. Après s'être assurée de leur identité, elle les conduisit au premier étage. Marion et Bess suivirent.

Une soudaine vague de désespoir déferla sur Alice. Ned reviendrait-il un jour dans sa chambre ?

« Il le faut », se dit-elle.

Les agents du F.B.I. se montrèrent très efficaces. Ils inspectèrent les moindres recoins de la pièce. Enfin l'un d'eux commença à ouvrir les tiroirs du bureau. Il attira l'attention des jeunes filles sur le fait qu'ils ne contenaient rien.

« Ce n'est pas habituel pour un étudiant, fit-il remarquer.

— Il se peut que Ned ait retiré tous ses papiers », avança Marion.

L'agent du F.B.I. tourna son regard vers Alice.

« Mlle Roy aurait-elle une explication à nous fournir ?

— Tout juste une hypothèse, répondit Alice. Etes-vous au courant du vol commis au laboratoire ? Un grand nombre d'instruments ont été emportés. Le même individu a pu venir ici voler des documents scientifiques appartenant à Ned.

— C'est assez vraisemblable», dit l'agent.

Il prit un petit morceau de papier posé à l'envers au fond d'un tiroir.

«C'est tout ce qu'il y a, mais cela me paraît intéressant», dit-il en le retournant.

Il le prit avec des pincettes pour ne pas brouiller des empreintes éventuelles.

Les autres regardèrent par-dessus son épaule. Quelqu'un avait tracé le croquis d'un œil d'une taille anormale et au-dessous les lettres suivantes : ΚΥΚΛϰΨ.

«Encore ce terrible œil!» fit Bess tandis que tous le contemplaient, stupéfaits.

L'agent se tourna vers son collègue.

«Sais-tu ce que cela signifie?

— Oui, c'est du grec. Les lettres veulent dire : Cyclope.»

A ces mots, Bess poussa un autre cri.

«C'est la seconde fois aujourd'hui que nous en entendons parler», dit-elle aux agents.

Alice fit observer que Ned Nickerson, ignorant le grec, ne pouvait être l'auteur du dessin.

Qui avait pu le laisser là? se demandaient-ils tous. Le voleur? Un autre étudiant? Un professeur? Alice, elle, était convaincue que Crosson l'avait donné à Ned ou mis dans sa chambre en guise d'avertissement.

Personne n'était en mesure d'apporter une réponse. Les agents du F.B.I. convinrent qu'il n'y avait aucun autre indice dans la pièce.

«Nous allons emporter ce papier et faire analyser les empreintes» dit l'un d'eux.

Ils descendirent tous au rez-de-chaussée et les deux hommes prirent congé des jeunes filles. Ils

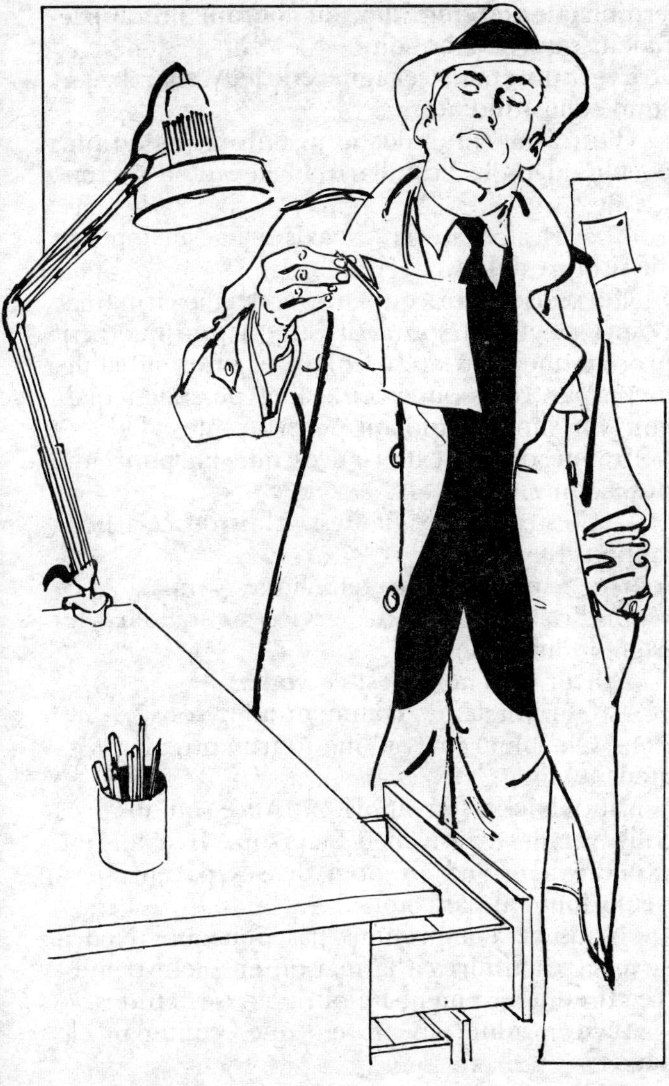

promirent de tenir Alice au courant s'ils apprenaient quoi que ce soit.

Les trois amies regagnèrent leur chambre et se mirent à discuter.

« On dirait que nous nous enfonçons de plus en plus dans le brouillard au lieu d'en sortir », dit Bess.

Alice était aussi de cet avis mais Marion prit aussitôt sa défense.

« Je pense, moi, qu'Alice a déjà pas mal de points positifs à son actif. Elle a pratiquement prouvé que Ned a été enlevé et vraisemblablement par Crosson, jaloux à la perspective de voir un simple étudiant recevoir plus d'éloges pour une de ses expériences que lui pour une des siennes.

— C'est possible, fit Bess. Mais où cela nous mène-t-il ? »

A ce moment, le téléphone sonna. Alice répondit. L'étudiant de service au standard lui passa la mère de Ned.

« Alice, ma chérie, est-ce vous ?

— Oui, madame, comment allez-vous ?

— Oh ! bien, mais je me tourmente affreusement. »

Mme Nickerson apprit à Alice qu'un gros colis venait d'arriver d'Emerson. Il avait été expédié par Ned au nom de ses parents plusieurs jours auparavant.

« Nous ne comprenons pas pourquoi Ned a envoyé ses affaires à la maison en plein trimestre. Il en a sûrement besoin pour ses études. »

Alice voulut savoir ce que contenait le paquet.

« Des quantités de papiers et toutes sortes de

croquis techniques de ses cours de sciences.

— Madame, y avait-il le dessin d'un œil?

— Non, ma chérie. Pourquoi cette question?»

Alice répondit que, selon elle, Ned s'intéressait à une expérience ayant trait à un œil brillant, puis elle demanda :

«Le mot " cyclope " apparaît-il sur un des papiers?

— Non. C'est un personnage de la mythologie grecque, n'est-ce pas? Alors je n'ai rien vu de semblable dans les papiers.»

Elle ajouta que le paquet n'était accompagné d'aucune lettre d'explication.

«Que représentent les dessins? s'enquit Alice.

— Il s'agit de diverses figures géométriques, toutefois nous avons remarqué plusieurs croquis d'hélicoptères. Comme mon mari et moi n'y connaissons rien, je ne saurais vous dire à quel modèle ils appartiennent. Croyez-vous que Ned prenait des leçons de pilotage?

— Il n'y a jamais fait allusion», répondit Alice.

Puis elle voulut savoir s'il y avait aussi des organigrammes de programmation d'ordinateur.

«Je n'en ai aucune idée. Je n'y connais rien», avoua la mère de Ned.

Alice posa encore quelques questions auxquelles Mme Nickerson ne put répondre. Soudain elle suggéra :

«Pourquoi ne viendriez-vous pas ici avec Bess et Marion? Vous pourriez examiner ces papiers et peut-être trouver un message caché dedans.

— Oh! avec plaisir. Merci beaucoup,

madame, répondit Alice. Quand pourrions-nous venir ?

— Le plus tôt sera le mieux, dit Mme Nickerson. Maintenant si c'est possible ?

— Je vais demander à Bess et Marion si elles peuvent m'accompagner, répondit Alice, et je vous donne tout de suite la réponse. »

Alice transmit vivement l'invitation à ses amies qui l'acceptèrent aussitôt.

Les bagages furent vite faits. Elles rédigèrent un mot à l'intention de Bob et de Daniel.

« Je ne comprends pas, fit Bess, pourquoi Ned a pris la peine d'envoyer tous ses papiers chez lui.

— Peut-être se savait-il menacé d'enlèvement et a-t-il voulu les mettre en sécurité, suggéra Marion. Ou encore a-t-il disparu pour ne pas être enlevé ? »

Alice réfléchit à cette dernière hypothèse.

« Si Ned est parti pour une raison personnelle, dit-elle, il se livre peut-être de son côté à un travail de détective. »

Marion inclina la tête.

« Oui. Mais que faisons-nous de Crosson dans tout cela ? Ned le piste-t-il parce qu'il le soupçonne de menées malhonnêtes ? »

Bess poussa un soupir.

« Tout cela est si compliqué. Mais je ne crois pas que Ned ait disparu volontairement. »

Alice décida de téléphoner à Sarah pour l'avertir de leur changement de programme et la prier de prévenir les Webb et les Taylor. Elle dut laisser sonner longtemps avant d'obtenir une réponse. A sa grande surprise, ce ne fut pas la voix de Sarah qui dit allô, mais celle de Marty King !

Chapitre 9

L'espion

Un léger rire se fit entendre à l'autre bout du fil.

«Cela vous surprend de me trouver chez vous, n'est-ce pas? dit Marty.

— Un peu, répondit Alice tout en s'efforçant de ne pas laisser sa voix trahir à quel point cela l'étonnait. Je suppose que vous êtes venue aider mon père pour un travail exceptionnel.»

Marty King gloussa.

«Un travail, oui, mais nullement juridique.»

Le cœur d'Alice se mit à battre plus vite. Qu'entendait par ces mots l'assistante de M. Roy? Voulait-elle dire un travail de détective?

Marty reprit ses explications.

«Votre père a été appelé hors de la ville et

je ne savais pas où le joindre pour lui annoncer que votre gouvernante devait partir au chevet d'un de ses proches parents. Aussi je suis venue préparer le dîner à sa place.

— Je vois», fit Alice.

Marty King dit à la jeune détective qu'elle était excellente cuisinière et voulait surprendre son patron en lui préparant un véritable petit festin.

«Je vais lui mijoter un plat français peu connu, ajouta-t-elle.

— Je suis sûre qu'il en sera ravi», fit Alice sans enthousiasme.

Marty demanda à Alice si elle avait un message à transmettre à son père.

«Oui, répondit la jeune fille. Dites-lui, je vous prie, que nous quittons toutes trois Emerson pour nous rendre chez les Nickerson où nous passerons la nuit. A propos, Marty, où en êtes-vous de l'enquête sur l'œil brillant? Avez-vous résolu l'énigme?»

Surprise, Marty bégaya un moment avant de répondre enfin :

«Mon principal informateur a disparu.

— C'est trop dommage», fit Alice.

En son for intérieur, elle n'en était pas mécontente du tout. Sans son informateur, Marty ne pourrait plus travailler sur l'affaire qu'Alice considérait comme sienne.

«Avez-vous des nouvelles de votre ami Ned? s'enquit Marty.

— Rien de précis», répondit évasivement Alice.

Se rappelant ce que Jerry Faber lui avait

répété de sa conversation avec son mystérieux passager, elle se demanda si Zapp Crosson ne pouvait pas être la source d'information de Marty King.

« Marty, votre informateur était-il un ami intime ? »

La jeune femme gloussa.

« Il aurait bien voulu l'être. »

Après quelques secondes de silence, elle reprit :

« Non, il y en a un autre que j'aime beaucoup plus. »

Les idées se bousculaient dans la tête de la jeune détective. Se pouvait-il que Marty fît allusion à son père ? Alice n'eut pas le temps de trouver un biais pour l'inciter à se confier. Marty changea brusquement de sujet.

« Mon Dieu, j'ai quelque chose sur le feu. Il faut que j'y coure. Je transmettrai votre message à M. Roy. Au revoir. »

Alice reposa l'appareil. Aussitôt Bess l'interrogea.

« Nous brûlons d'impatience. Que fait chez toi Marty King ?

— Elle prépare à dîner pour mon père. Sarah s'est absentée.

— Ah ! ah ! » fit Bess en adressant à Marion un clin d'œil qui n'échappa pas à Alice.

Sa cousine se disposait à poursuivre la taquinerie mais elle s'arrêta en voyant une expression navrée sur le visage d'Alice. Changeant de conversation, elle dit :

« Nous ferions aussi bien de partir. Mapleton n'est pas la porte à côté. »

Alice approuva de la tête. Les jeunes filles

chargèrent les bagages dans la voiture. La circulation était fluide et elles mirent moins de temps qu'elles ne le pensaient. A cinq heures, elles sonnaient chez les Nickerson.

La mère de Ned les accueillit à la porte d'entrée. Elle était jolie et très élégante. Bess éprouva un léger sentiment d'envie à la vue de sa silhouette mince.

M. Nickerson était également chez lui. Ned lui ressemblait beaucoup et cet homme mûr avait la même stature athlétique que son fils.

« J'espère que vous allez élucider ce mystère rapidement, dit-il aux jeunes filles. Ma femme et moi, nous nous tourmentons beaucoup. Nous savons Ned capable de se débrouiller dans des situations difficiles, mais s'il est détenu par un personnage sans scrupules, il peut courir de graves dangers.

— Nous devrions apprendre du nouveau sous peu, dit Marion. Pour le moment nous suivons plusieurs pistes et j'espère qu'Alice va en découvrir une autre parmi les papiers que vous a envoyés Ned. »

Mme Nickerson conduisit les jeunes filles à deux chambres situées au premier étage. Dès qu'elles eurent déposé leurs valises, Alice demanda à examiner les fameux papiers.

« Ils sont encore dans la chambre de Ned, répondit Mme Nickerson. Je vais vous y mener. »

Cinq minutes plus tard, Alice était plongée dans les dessins, croquis, exposés scientifiques de Ned.

« Ils sont très techniques, dit-elle à Mme Nickerson. Cependant je suis certaine qu'ils ne concernent pas un ordinateur. »

La mère de Ned regarda un moment la jeune fille travailler puis la pria de l'excuser.

« Auriez-vous par hasard un grand tableau noir ? dit Alice.

— Oui, dans le placard de Ned, et il doit y avoir de la craie dans un tiroir du bureau. Mais pourquoi voulez-vous un tableau noir ? »

Alice lui répondit qu'un ensemble de chiffres, disposés dans un ordre curieux sur une des feuilles, l'intriguait beaucoup.

« De loin, on dirait le contour d'un œil. Je voudrais les recopier. »

Ned aurait-il découvert la formule de la lumière froide de l'œil brillant ?

« Les chiffres peuvent composer un code — ce code dont Zapp Crosson cherche désespérément à s'emparer.

— Je sais à quel point vous désirez travailler sur cette affaire, dit Mme Nickerson. Mais il est l'heure de dîner. Comme je ne me sentais pas le courage de faire la cuisine, j'ai réservé une table au restaurant Flannery. Nous allons vous y précéder, Alice, car je crains sans cela qu'on ne nous garde pas nos places.

— Je vous en prie, répondit Alice. Ce que je veux faire ne devrait pas me prendre longtemps. Je vous rejoindrai dès que j'aurai terminé. »

Mme Nickerson acquiesça, quitta la pièce et descendit. Peu après, Alice entendait partir en voiture leurs hôtes et ses amies.

Elle sortit le tableau noir, le déplia et le posa sur ses quatre pieds.

Tournant le dos à la fenêtre ouverte, elle commença à écrire à la craie les chiffres tracés sur la feuille posée sur le bureau. Elle décida qu'il serait plus prudent de les apprendre par cœur plutôt que de les transcrire sur une feuille qu'elle garderait sur elle. Ainsi ils ne risqueraient pas de tomber dans des mains malhonnêtes au cas où la copie serait perdue ou volée. Copier le code en forme d'œil ne lui prit pas longtemps.

Elle mémorisait les chiffres et leur position dans l'œil quand elle eut l'impression pénible d'être observée. Elle se retourna brusquement vers la fenêtre et aperçut la tête d'un homme. Il avait des cheveux d'un roux flamboyant. Son visage était presque caché par un crayon et un

carnet sur lequel il copiait les chiffres inscrits sur le tableau noir!

En un éclair, Alice fit basculer à terre le tableau et se rua vers la fenêtre. L'espion s'était évaporé. Quand elle baissa les yeux, il atteignait déjà le dernier barreau de l'échelle. Il courut en direction de la rue.

Alice dévala l'escalier, sortit de la maison. Elle chercha à voir la plaque d'immatriculation de la voiture dans laquelle l'homme s'était engouffré. Il n'y en avait pas.

« Il n'ira pas loin avant de se faire arrêter par un agent de police! se dit-elle. Je vais le suivre. »

Vivement, elle ferma la porte d'entrée, courut à son cabriolet garé contre le trottoir. Elle sortit la clef de contact de sa cachette et démarra en trombe. Elle avait vu la voiture de l'homme aux cheveux rouges tourner à l'angle de la rue.

Une pensée folle se faisait jour en elle. Si l'homme n'était pas arrêté par un agent, il la conduirait peut-être à Ned! Hélas! quand elle tourna à son tour, la voiture de l'espion n'était plus en vue. Personne dans les parages pour indiquer à la jeune fille la direction qu'il avait prise. Au bout de quelques minutes elle renonça à le poursuivre.

Elle se résigna à rentrer chez les Nickerson. Avec la fenêtre de Ned ouverte et l'échelle placée contre le mur, n'importe qui pouvait s'introduire dans la maison. Alice descendit de voiture, et se hâta vers l'échelle. Son attention fut attirée par un grand carnet tombé sous le dernier barreau. L'homme qui avait commencé à copier le code de Ned l'aurait-il perdu ? se demanda-t-elle.

Aussitôt, elle se baissa, le ramassa et, tout excitée, l'ouvrit.

Chapitre 10

Un marécage dangereux

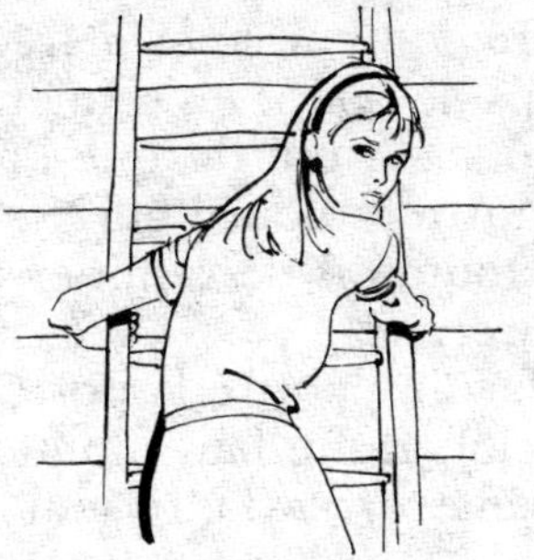

Le carnet était vide à l'exception d'une page sur laquelle l'homme avait commencé à copier les chiffres écrits sur le tableau noir. La plupart s'y trouvaient reproduits en forme d'œil.

« Si c'est vraiment Crosson ? se demandait Alice. Il va peut-être revenir chercher son carnet. Je pourrai alerter la police et demander qu'on envoie des hommes pour l'arrêter, mais je ne les attendrai pas. Les Nickerson doivent déjà s'inquiéter de mon retard. »

Elle réfléchit un long moment, puis elle prit le crayon-gomme attaché au carnet et effaça rapidement les chiffres. Puis elle les réécrivit en les disposant de façon à rendre le code indéchiffrable, si c'en était un. Elle referma le carnet et le reposa là où elle l'avait trouvé.

Subitement, une idée lui vint. Et si l'espion était le même homme qui était venu chez elle pour libérer l'hélicoptère télécommandé ou s'envoler avec! Si elle trouvait la même terre sur les échelons que sur les reliefs des pneus, ce serait un nouvel indice. Deux jours ou plus s'étaient écoulés depuis que l'hélicoptère s'était envolé d'une région boisée et marécageuse. Au cours de ce laps de temps les souliers avaient pu perdre leur boue. Et qui dit que l'homme n'en portait pas d'autres aujourd'hui?

Elle décida toutefois d'examiner les échelons pour s'en assurer.

« De toute façon, j'ai tiré la porte d'entrée et je n'ai pas la clef. Il me faut monter à l'échelle si je veux pénétrer à l'intérieur et boucler les fenêtres. »

Lentement, elle gravit les échelons en les regardant avec soin. Toutes les secondes, elle se retournait pour s'assurer que le rouquin n'était pas revenu et n'allait pas brutalement la faire basculer.

Elle atteignit sans mal le dernier échelon. De toute évidence l'homme avait remué ses pieds pendant qu'il copiait les chiffres et il avait laissé des traces de boue sur le barreau.

« C'est la même boue avec les mêmes petits débris de bois », murmura-t-elle.

Vivement, elle entra dans la chambre de Ned, ferma avec soin la fenêtre, vérifia toutes les autres ouvertures de la maison.

Cela fait, elle regagna la chambre de Ned, remit d'aplomb le tableau noir, vérifia si elle se rappelait bien tous les chiffres dans l'ordre. Elle n'avait rien oublié. Satisfaite, elle effaça-

le tableau avant de le ranger dans le placard.

A ce moment, le téléphone sonna. Alice alla répondre. C'était Bess.

« Que deviens-tu ? demanda-t-elle. Nous sommes mortellement inquiets.

— Ne vous tourmentez plus, répondit Alice. J'arrive dans quelques minutes. Il y a eu un peu de mouvement ici, mais tout va bien maintenant. A tout à l'heure. »

Avant de partir, Alice s'arrêta dans le salon et réfléchit. Avait-elle fait tout ce qu'elle devait ?

« L'échelle ! se rappela-t-elle. Il ne faut pas que je la laisse où elle est. Où diable l'homme l'a-t-il prise ? »

Dans l'ignorance, elle décida de la ranger dans le sous-sol. Cela fait, elle appela la police et demanda si on ne pourrait pas placer la maison sous surveillance et épingler le propriétaire du carnet dans le cas où il reviendrait.

Elle monta ensuite en voiture et se dirigea vers le restaurant. En chemin, son esprit ne restait pas inactif. Elle pensait à la boue qu'elle avait vue sur le barreau supérieur de l'échelle.

« Il faut absolument que je localise cet endroit marécageux. Si Glenn peut m'emmener de nouveau, je le trouverai peut-être. »

Alice entra finalement dans le restaurant où ses amis l'attendaient pour commencer à dîner.

Elle s'assit et pria les Nickerson de l'excuser.

« Je suis désolée d'être aussi en retard », dit-elle.

Marion intervint :

« Allons, raconte. Qu'est-ce qui t'a retenue aussi longtemps ? »

Au fur et à mesure du récit d'Alice, l'étonnement de ses auditeurs croissait.

Quant elle se tut, Bess demanda :

« Qu'as-tu fait du carnet après en avoir modifié les chiffres ?

— Je l'ai remis là où je l'avais trouvé et j'ai prévenu la police. »

Tout en dînant, Alice parla de son projet d'essayer de repérer du ciel la région marécageuse où Ned était peut-être retenu prisonnier.

M. Nickerson fit une suggestion.

« La bibliothèque de l'université d'Emerson doit comporter d'excellents ouvrages relatifs à la géologie des alentours. Vous y trouverez peut-être la description d'un terrain similaire à celui que vous recherchez. De mon côté je m'informerai auprès des service des Eaux et Forêts. »

A leur retour chez les Nickerson, Alice alla voir aussitôt si le carnet était encore à la place

où elle l'avait laissé. Il y était. Un policier en civil surgit de derrière un arbre et lui dit que personne n'était venu.

« Je vais attendre encore un peu puis j'emporterai le carnet, déclara-t-il. Je doute fort que son propriétaire revienne. »

Alice était encline à partager cette opinion.

Malgré son inquiétude, elle dormit profondément cette nuit-là. A son réveil, elle téléphona à Glenn et organisa avec lui une expédition pour le lendemain matin à dix heures.

« Aujourd'hui cela m'est impossible, j'en suis désolé, dit Glenn. A propos, j'ai une information pour vous. De toute évidence l'appareil mystérieux avait un faux numéro d'immatriculation. Les autorités n'ont pas été en mesure d'en identifier le propriétaire. Je regrette de ne pas avoir de meilleures nouvelles à vous donner. A demain.

— Je serai à l'heure, promit Alice. Merci beaucoup. »

Après le petit déjeuner, les jeunes filles prirent congé de leurs hôtes. Un bref instant, une forte émotion les submergea, mais ils se ressaisirent et les Nickerson souhaitèrent aux jeunes filles bonne chance dans leurs recherches et bon retour à Emerson.

Alice laissa ses amies à la résidence « Oméga » et continua seule jusqu'à la bibliothèque. Elle y était connue et on la laissa entrer sans difficulté. Pendant une heure elle se plongea dans les passionnantes découvertes géologiques faites dans les environs d'Emerson.

Elle trouva trois terrains marécageux aux alentours de l'université.

« Celui-ci se situe à l'alignement d'Emerson et de ma maison de River City », observa-t-elle et elle lut plus attentivement sa description.

Chose curieuse, il se trouvait dans un site assez inhabituel. Un mamelon se dressait au centre d'un grand espace circulaire boisé mais fangeux. Selon le texte, il était impossible d'explorer le marécage autrement qu'à cheval ou chaussé de hautes bottes.

« *Mais on doit faire très attention car certains endroits sont dangereux, ils semblent être sans fond,* lut-elle. *Il y a de nombreux bois pourris sous la vase.* »

Alice relut le paragraphe.

« C'est sûrement un endroit à éviter à tout prix », pensa-t-elle, mais aussitôt elle se dit que rien ne la retiendrait s'il existait une chance de retrouver Ned.

Elle revint à la résidence « Oméga » au moment où les étudiants arrivaient pour déjeuner. Bess, Marion, Bob et Daniel l'accueillirent.

« Une lettre pour Bob Eddleton », chantonna un étudiant.

Bob alla la chercher. Il regarda l'enveloppe et, tout excité, revint la montrer à ses amis.

« Elle est de Ned », murmura-t-il.

Sous l'en-tête on pouvait lire d'une autre écriture : « *Trouvée sur la route près d'Arbutus.* »

« Où est Arbutus ? » demanda Bess.

Personne ne put lui répondre.

« Ouvre-la vite », dit Daniel.

Rapidement Bob déchira l'enveloppe et sortit un bout de papier sur lequel étaient hâtivement écrits ces mots : « *Je ne sais pas où je suis. Je suis prisonnier du dingue roux.* »

Aussitôt des hypothèses furent envisagées. Qui était ce dingue roux? Etait-ce Crosson ou un complice d'un gang dénommé Cyclope?

«Je veux savoir où se trouve Arbutus», dit Bess.

Tout à coup la lumière se fit dans l'esprit d'Alice.

«Je m'en souviens maintenant. C'est un village proche du marécage que j'ai décidé d'explorer.»

Daniel voulut savoir à quelle distance il était d'Emerson.

«Pas très loin. Aussitôt après le déjeuner, prenons ma voiture et allons à Arbutus. Nous pourrons nous arrêter aussi près que possible du marécage et marcher le reste du chemin.

— Le reste du chemin pour où? demanda Bess.

— L'endroit où Ned est détenu, sotte», répondit Marion.

Bob regarda les pieds des jeunes filles.

«J'espère que vous avez apporté des bottes. Vous en aurez besoin pour patauger à travers le marécage.»

D'un air morne, les trois amies reconnurent qu'elles n'en avaient pas pris mais que cela ne les arrêterait pas. Bob adressa un clin d'œil à Daniel. Une heure plus tard, trois paires de bottes empruntées à des camarades de petite taille les attendaient dans la chambre d'amis.

Bob s'installa au volant et ils démarrèrent. Tout en roulant, ils discutaient de ce qui les préoccupait.

Marion se demandait comment on avait trouvé le message de Ned sur la route. Elle suggéra même qu'il y avait été placé pour attirer les amis de Ned dans un guet-apens.

« Dans ce cas, nous ferions mieux de faire demi-tour, dit Bess. Qu'en penses-tu, Alice ? »

Selon la jeune détective, Ned s'était arrangé pour glisser l'enveloppe dans une fissure de la paroi extérieure de l'hélicoptère.

« Il espérait qu'elle tomberait pendant que l'appareil volerait et que quelqu'un la trouverait.

— Je parie que tu as raison », dit Daniel.

Parvenus à Arbutus, ils s'arrêtèrent à une station-service où le pompiste leur indiqua une route qui menait tout droit à la zone marécageuse. Il les regarda d'un air bizarre avant de les avertir que l'expédition était dangereuse.

« Il y a déjà eu des accidents mortels, dit-il.

— Nous ferons très attention », le rassura Alice.

Bob avança aussi loin que la prudence le lui permettait, puis gara la voiture. Ils descendirent tous et partirent à pied. Avant même d'atteindre les bois le sentier devenait impraticable.

Sans bottes il aurait été impossible d'avancer. Le groupe, absorbé à surveiller le terrain, restait silencieux.

Soudain Daniel s'écria :

« Regardez. Un hélicoptère s'envole. »

En effet, l'appareil s'élevait derrière une colline et s'éloignait. Les amis s'arrêtèrent aussitôt. La même pensée leur venait à l'esprit. Ned était-il à bord de l'appareil ?

Chapitre 11

La cabane

L'hélicoptère vira et s'éloigna.

« Suivons-le vite ! » dit Marion.

Ahurie, Bess regarda sa cousine.

« A quoi penses-tu ? demanda-t-elle. Nous n'avons pas apporté nos ailes. »

Les autres rirent mais Alice suivait du regard la direction prise par l'hélicoptère. Il allait vers l'ouest. Où atterrirait-il ?

« Cet appareil n'a sans doute rien à voir avec ce que nous cherchons, Alice, dit Bob.

— Tu as peut-être raison, répondit-elle. Mais il ressemble beaucoup à celui qui s'est posé sur ma pelouse. En tout cas nous ne pouvons pas le suivre. Continuons notre chemin vers le marécage. »

Ils arrivèrent finalement au bord de la région fangeuse et gravirent la colline qui, selon ce qu'avait lu Alice, se trouvait au centre du marécage. La pente était raide. Çà et là sur le flanc, poussaient des buissons bas et des arbres rabougris. Des rochers schisteux rendaient la montée difficile.

Bess s'arrêta soudain.

« C'est bien la pire escalade que j'aie jamais faite », constata-t-elle.

Marion la taquina aussitôt.

« Et tu n'as pas encore vu l'autre côté. Courage ! »

Quand ils parvinrent au sommet de la colline, ils observèrent le terrain qui s'étendait devant eux. Le marécage au-dessous semblait plus vaste que celui qu'ils venaient de traverser.

Lorsqu'ils l'atteignirent, ils découvrirent qu'il était également beaucoup plus dangereux. Ils pataugeaient jusqu'aux chevilles dans la boue, s'arrêtaient pour l'enlever chaque fois qu'ils arrivaient à des mares d'eau claires.

Tout était relativement silencieux dans ce marécage boisé — mais soudain un corbeau s'éleva du sol en croassant. Il se posa sur un arbre et se mit à lancer des appels de sa voix rauque.

Alice sourit.

« Il avertit ses congénères que des intrus sont dans les parages. »

La progression était pénible mais les jeunes gens n'y faisaient pas attention, captivés par la beauté de la nature environnante.

« Regardez ! dit Daniel. Un faisan à collier. »

Le magnifique oiseau iridescent avec son col de plumes blanches ne bougeait pas du tronc sur lesquel il s'était posé, sa longue queue traînant derrière lui.

« Ecoutez ! » dit Marion quelques minutes plus tard.

Ils s'arrêtèrent, se turent.

« Vous entendez cet oiseau chanteur ? » demanda-t-elle.

Ils percevaient les trilles joyeux mais ils eurent peine à trouver la fauvette. Enfin, Bess la repéra, perchée sur une branche, tout en haut d'un arbre.

« La voilà ! dit-elle.

— D'ici on dirait un oiseau sans tête, remarqua Alice. Sans ses yeux on ne croirait pas qu'elle en a une. On dirait qu'elle porte un masque noir sur le sommet de sa tête. C'est d'ailleurs celle qu'on appelle la fauvette à tête noire.

— Sais-tu que les femelles l'ont brun-roux ? dit Marion. Sans doute pour mieux être remarquées par d'éventuels amoureux. »

Ils se mirent à rire et poursuivirent leur chemin. Intriguée par cette vie sauvage, Bess ne cessait de lever la tête. Soudain elle s'enfonça dans un trou profond d'eau verdâtre et boueuse.

Aussitôt les autres l'en tirèrent mais elle était dans un piteux état. A l'aide de mouchoirs en papier qu'elle avait dans sa poche, Alice commença à lui nettoyer les jambes.

« Pouah ! s'écria soudain Bess. Regardez ces horribles bêtes qui grouillent autour de moi.

— Ne t'inquiète pas, dit gentiment Daniel. Elles ne te feront aucun mal. Ce ne sont que de toutes petites salamandres. »

A l'aide de feuilles arrachées aux buissons, il aida à nettoyer le pantalon et le chandail de

Bess, tandis que Marion et Alice s'occupaient de ses cheveux.

« Qu'est-ce que je vais faire ? gémit Bess.

— Sourire et le supporter », répondit Marion.

Mais elle reconnut que ce n'était pas drôle pour sa cousine.

« A partir de maintenant, je ferai aussi bien de regarder où je mets les pieds », dit enfin Bess.

Son bain imprévu la laissait toute tremblante et elle ne lâcha plus la main de Daniel.

Au sortir du marécage, juste devant eux s'étendait une lande d'où sans doute, pensèrent-ils, s'était envolé l'hélicoptère. Au-delà, un autre marécage. Une petite cabane peinte en vert se fondait si bien avec l'environnement qu'on la distinguait à peine.

« C'est peut-être là que Ned est retenu prisonnier ! » s'écria Alice tout excitée.

Les trois jeunes filles et leurs amis traversèrent la lande en silence. Le sol était spongieux, la boue collait à leurs bottes mais la marche était moins pénible que dans le marécage.

Soudain Marion fit une remarque.

« Ce marécage était une véritable course d'obstacles. Cela ne me réjouit guère de le franchir de nouveau.

— Moi non plus, dit Bess. J'espère que l'un de vous trouvera un autre trajet pour regagner la voiture ! »

Il n'y eut aucune réponse parce que tous étaient certains qu'il leur faudrait reprendre le même chemin.

Alice allait en avant. Elle arriva à la porte de la cabane, frappa. Pas de réponse. Elle frappa plus fort. En vain.

« Il n'y a personne, dit-elle. A moins que quelqu'un ne s'y cache. »

Elle se tut une seconde.

« Ned y est peut-être prisonnier et bâillonné, ajouta-t-elle. Il faut se porter à son secours. »

La porte n'était pas verrouillée. Elle entra. Ses amis la suivirent. Personne en vue.

Ils regardèrent autour d'eux avec stupeur. La cabane composée d'une pièce unique était en fait un laboratoire d'électronique très bien équipé. Elle comportait, en outre, deux couchettes, un petit poêle et des étagères garnies de boîtes de conserves.

« Eh bien, Sherlock Holmes, dit Marion à Alice, qu'en penses-tu ? »

Avant de répondre, Alice se mit à examiner le laboratoire avec Bob et Daniel. Il y avait toutes sortes d'appareils et des blocs-notes remplis de chiffres qui ne disaient rien aux visiteurs.

Entre-temps, Bess avait inspecté les lieux. Elle annonça qu'aucun vêtement ne traînait dans la cabane.

« Pensez-vous que ceux qui vivent ici savaient que nous venions et ont filé ? demanda-t-elle. Sinon pourquoi auraient-ils laissé tous ces aliments : de la viande, des œufs, du lait, du pain ? Je pourrais bien me mettre à table tout de suite. »

Bob et Daniel prièrent les jeunes filles de les rejoindre dans un coin du laboratoire.

« Nous avons découvert tout un ensemble de

télécommandes, dont voici le poste émetteur, dit Bob.

— Voilà l'ordinateur et les organigrammes de programmation, ajouta Daniel.

— Entends-tu par là, intervint Marion, que l'hélicoptère était télécommandé à partir de cette cabane ?

— Ça m'en a tout l'air.

— Croyez-vous que Ned, Crosson et le dingue à cheveux roux étaient dans l'hélicoptère que nous avons vu s'envoler tout à l'heure ? demanda Bess.

— Je suis persuadée, dit Alice, que Crosson et le dingue roux ne font qu'une seule et même personne. Je pense que dans son message Ned essayait de nous prévenir que Crosson était fou et dangereux. »

Daniel leur rappela qu'ils n'en étaient qu'au stade des suppositions.

« Nous n'avons encore rien trouvé qui nous prouve l'identité des occupants de cette cabane », dit-il.

Alice se déclara d'accord avec Daniel. L'important était de trouver un indice.

« Cherchons-en un tous », proposa-t-elle.

Ils se mirent aussitôt au travail. Le silence régna un long moment.

Alice regarda sous les couchettes, les tira. Tout à coup ses yeux se portèrent sur une marque gravée dans le mur. A première vue ce pouvait être un W. Etait-ce l'initiale de quelqu'un ?

Elle appela l'attention de ses amis sur la marque. Ils l'examinèrent. Alice plissait les yeux, fixait attentivement l'initiale.

« Ce n'est pas un W, dit-elle soudain. Je suis sûre que ce sont deux N qui pourraient être les initiales de Ned Nickerson. »

Bess, Marion et les deux garçons se penchèrent pour mieux voir. Ils convinrent tous qu'il s'agissait bien de deux N.

« C'est là que Ned devait dormir, dit Bob. Il a sans nul doute été emmené à bord de l'hélicoptère que nous avons vu décoller.

— Croyez-vous qu'ils vont revenir ici ? demanda Daniel. Moi pas. »

Ils discutèrent, Bob et Daniel penchaient en faveur d'une hypothèse : le ravisseur risquait de revenir. Ils pensaient que celui-ci ne laisserait pas sans surveillance un équipement aussi précieux, quoiqu'il y eût peu de chance qu'on le découvrît dans un endroit aussi isolé.

Alice resta pensive quelques minutes tandis que ses amis poursuivaient leurs recherches. Quand ils revinrent et lui dirent qu'ils n'avaient rien trouvé de nouveau, elle leur annonça qu'il existait selon elle un autre moyen de rejoindre la grand-route, sans traverser le marécage.

« Lequel ? demanda vivement Bess. Je voudrais bien sortir de cet endroit qui me donne la chair de poule.

— Le plus vite sera le mieux en effet », approuva Marion.

Alice se tourna vers les garçons.

« Pensez-vous que nous pourrions contacter la police à l'aide de cet émetteur-récepteur ? Nous parlerions de nos soupçons concernant cette cabane et de l'envol de l'hélicoptère. »

Elle regarda Bess avec un sourire.

« Si des inspecteurs arrivent par hélicoptère,

ils pourront par la même occasion nous ramener à la voiture. »

Daniel proposa d'essayer d'entrer en contact avec le quartier général de la police.

Chapitre 12

Notes cachées

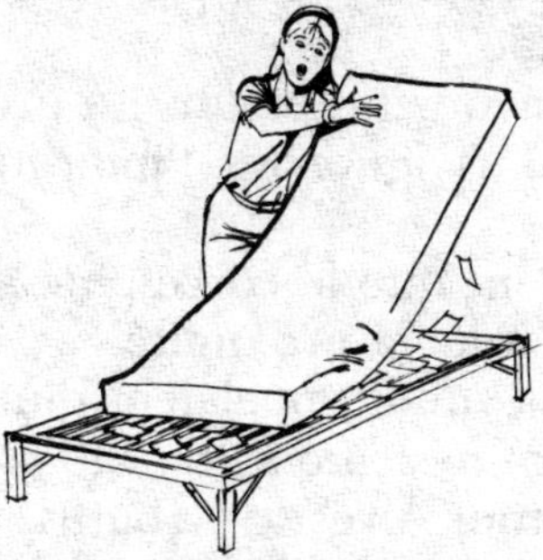

Bob et Daniel se penchèrent sur le poste émetteur, s'efforçant de trouver comment les divers éléments fonctionnaient.

« C'est un modèle très compliqué », fit Daniel.

Marion avait appris à manipuler certains appareils avec son père, ingénieur électronicien. Elle fit quelques suggestions utiles.

« Où est l'indicatif d'appel ? » demanda-t-elle.

Ils examinèrent centimètre par centimètre l'appareil sans rien trouver.

« Qui pouvait bien appeler le ravisseur ? Un complice ? Un membre d'un gang ? » demanda Marion.

Les garçons auraient bien voulu le savoir. Ils poursuivirent leur examen, espérant que l'émetteur fonctionnerait. Enfin ils tombèrent sur le bon réglage et un instant plus tard on répondait au signal de Bob.

« J'appelle d'une station sans indicatif. Qui êtes-vous ? » dit Bob.

Le correspondant marqua une certaine réticence à répondre et demanda :

« Pourquoi n'avez-vous pas d'indicatif comme tout le monde ?

— Nous avons un ennui. Le propriétaire est absent et nous ignorons l'indicatif », répondit Bob.

Ils apprirent que le correspondant répondait d'une ville située à proximité.

Bob lui dit qu'ils appelaient d'un marécage.

« Nous sommes cinq à être bloqués ici, ajouta-t-il. C'est tout près d'Arbutus. Voulez-vous appeler la police et demander si on pourrait envoyer des inspecteurs à notre secours ? Nous avons fait une importante découverte sur une personne disparue. »

Alice écoutait. Elle secoua la tête afin de faire comprendre à Bob qu'il en avait assez dit. Il posa un doigt sur ses lèvres pour indiquer qu'il en tiendrait compte.

« Pouvez-vous nous rendre ce service ? demanda Bob à son correspondant. Je m'appelle Bob Eddleton, étudiant à l'université d'Emerson. Vous pouvez le vérifier si vous le désirez. »

L'homme répondit qu'il serait heureux de leur venir en aide.

« Où êtes-vous exactement ? »

Bob lui donna les indications nécessaires à partir d'Arbutus puis dit :

« Terminé. »

Alice et ses amis espéraient ardemment que

l'homme n'allait pas prendre leur appel pour une plaisanterie douteuse.

« Il n'y a rien d'autre à faire qu'à attendre, fit Bess avec un soupir.

— Entre-temps nous pourrions continuer l'inspection des lieux », dit Alice.

Les amis de la jeune fille sortirent pour chercher d'éventuelles traces aux alentours de la cabane. Alice pensait que si Ned avait pu sortir, il aurait essayé de s'échapper sans se soucier ou avoir le temps de laisser un indice.

« Plus vraisemblablement il était gardé dans un endroit secret, soit enchaîné, soit menacé des plus terribles châtiments s'il tentait de s'enfuir. Nous savons, en tout cas, qu'il utilisait cette couchette. »

Alice décida de la défaire pour voir s'il n'y avait pas quelque chose de caché à l'intérieur. Elle tira d'abord deux couvertures, les secoua vigoureusement, les inspecta centimètre par centimètre.

Elle ne trouva rien. Ensuite elle saisit le matelas, l'étendit à terre. A sa surprise, elle vit des douzaines de petites notes écrites par Ned posées sur les ressorts. Elle s'empressa de les lire. Sur la première, hâtivement gribouillée et portant la date de l'enlèvement de Ned, elle déchiffra :

« Comprends pas pourquoi j'ai été enlevé alors que Cyclope aurait pu voler tout ce qu'il voulait s'il avait attendu un peu plus longtemps. »

D'autres notes étaient datées du même jour. Sur l'une, Alice lut :

« Suis bien nourri et dors bien mais ce fou me menace avec un fusil chaque fois que je bouge. »

Une série de notes rédigées chaque jour décrivait le traitement auquel Ned était soumis. Il était enchaîné au lit par une cheville et son ravisseur faisait tout pour le tenir à l'écart du laboratoire même quand il le laissait prendre un peu d'exercice.

Alice déchiffra ensuite une note ne portant aucune date mais dont le contenu était très clair. On y lisait que le ravisseur avait préparé l'hélicoptère télécommandé pour l'envoyer chez Alice.

Ned avait supplié de voir l'hélicoptère. L'homme avait finalement consenti à l'emmener dehors.

« Pendant qu'il ne regardait pas, j'ai glissé un mot pour Alice sur le plancher. »

Alice était aux anges. « Le mystère n° 1 est élucidé », murmura-t-elle.

A ce moment, Bess et Marion revinrent s'informer des découvertes d'Alice. Elles furent stupéfaites devant les notes.

« Ce qui me surprend, dit Bess, c'est que le nom de Crosson n'apparaît jamais.

— Il se peut que ce ne soit pas lui après tout, dit Marion, et que Ned ignore le nom de son ravisseur. »

Alice décida de recopier pour elle les différentes notes au cas où les inspecteurs désireraient garder les originaux. Elle venait tout juste de terminer quand les jeunes filles entendirent un vrombissement au-dessus d'elles. Vivement, Alice enfouit les notes dans sa poche, remit la couchette en place et sortit.

Un hélicoptère de la police se posait. Les

jeunes gens se précipitèrent vers les trois inspecteurs qui en descendaient.

« Dites-nous ce qui est arrivé », dit l'un d'eux.

Alice lui résuma rapidement l'histoire et lui montra sa découverte.

« C'est une affaire sérieuse, fit le capitaine. Je vais remettre vos copies au F.B.I. Si nous avons besoin des originaux, je vous le ferai savoir. Avez-vous pu noter le numéro d'immatriculation de l'hélicoptère ?

— Non, pas aujourd'hui. Mais celui qu'il portait quand il s'est posé chez nous était faux. »

Après avoir écouté attentivement le récit d'Alice, deux des trois inspecteurs décidèrent de rester sur place au cas où le ravisseur reviendrait. Le pilote dit aux jeunes gens qu'il allait les ramener à leur voiture et les fit monter à bord.

En peu de temps, Alice et ses amis étaient déposés sur la route, près du cabriolet. Ils remercièrent le pilote. Celui-ci leur conseilla de se montrer prudents à l'avenir.

« Le ravisseur me paraît très dangereux », dit-il avant de les quitter.

Bob s'installa au volant de la voiture d'Alice.

Arrivés à la résidence « Oméga », Bess se précipita sous la douche. Elle n'avait plus parlé de sa chute dans le marécage mais elle éprouvait de vives démangeaisons.

Alice et Marion se lavèrent et se changèrent aussi, puis, toutes les trois rejoignirent les garçons à la salle à manger pour dîner. Le repas terminé, Bob et Daniel annoncèrent qu'ils devaient assister à un cours du soir.

« Désolés de ne pouvoir vous distraire, dit

Daniel. Mais nous nous rattraperons une autre fois. Promis. »

Bess éclata de rire.

« Nous avons eu assez de distractions pour aujourd'hui ! dit-elle. A tout à l'heure, quand vous reviendrez de votre cours. »

Marion et elle allèrent retrouver d'autres étudiants. Alice, quant à elle, était partagée entre le désir de se joindre à eux et celui d'étudier de nouveau les notes de Ned. Elles contenaient peut-être un indice qui lui avait échappé.

Elle regagna sa chambre et les relut attentivement, puis elle les examina à l'aide d'une loupe. Impossible de trouver la moindre indication concernant l'endroit où Ned avait pu être emmené ni de savoir pourquoi il avait été enlevé.

Elle restait plongée dans ses réflexions, le regard perdu dans le vide. Soudain une idée jaillit dans sa tête. Elle ferma la porte donnant sur le couloir, éteignit toutes les lumières. Un cri de surprise faillit lui échapper. Dans un angle d'une feuille, dessiné à l'encre fluorescente, venait de lui apparaître la copie exacte de l'œil qu'elle avait vu au musée Anderson !

« Comme c'est étrange ! » pensa-t-elle.

Elle se demandait si Ned avait dessiné cet œil peu avant son rapt ou si par quelque ruse il était parvenu à utiliser du matériel entreposé dans le laboratoire clandestin.

Puis, elle se souvint que dans une note Ned disait qu'il n'avait pas le droit de s'éloigner de la couchette. Le papier sur lequel était tracé l'œil devait avoir été arraché à un bloc-notes que portait son ami à son arrivée à la cabane.

« Le message écrit dessus ne s'éclaire pas, donc il n'a rien à voir avec l'œil brillant », conclut-elle.

Elle venait de rallumer les lampes quand Bess et Marion entrèrent.

« Je vais vous montrer quelque chose de très intéressant, leur annonça-t-elle aussitôt. Eteignez tout ! »

Quand les deux cousines aperçurent l'œil brillant, elles furent très étonnées.

Alice leur dit qu'elle se demandait si Ned n'avait pas dessiné cet œil à son intention à titre d'indice.

« Oh ! comme je voudrais savoir où il se trouve en ce moment, ajouta-t-elle. Dire que nous avons été si près de le sauver ! »

Bess posa un bras sur les épaules d'Alice.

« Ne t'attriste pas. Nous le retrouverons ! »

Marion pensait que le ravisseur ramènerait probablement Ned à la cabane dès qu'il saurait tout danger écarté.

« Il ne devinera jamais que deux inspecteurs l'y attendent pour le capturer et délivrer Ned », remarqua-t-elle.

Bess regardait l'œil brillant. Elle demanda à Alice si d'après elle le dessin pouvait avoir trait aux recherches de Ned.

« Oui, je pense qu'il a inventé quelque chose d'exceptionnel et l'a essayé sur ce papier, répondit Alice en rallumant. Sa découverte peut d'ailleurs n'avoir aucun rapport avec l'œil brillant du musée. Quand il a vu que cela fonctionnait, il a cherché à le perfectionner. A ce moment quelqu'un s'est emparé de l'invention, en a fait usage et peut-être même en a vendu la formule.»

Comme elle achevait ces mots, Bob et Daniel firent leur entrée. Marion leur murmura de fermer la porte et d'éteindre la lumière.

Les garçons se mirent à rire.

«Que se passe-t-il donc?

— Vous allez voir quelque chose de surprenant que vient de trouver Alice», répondit Marion.

Ce fut au tour de Bob et Daniel d'être stupéfaits.

«Nous n'allons peut-être pas tarder à recevoir des nouvelles importantes, dit Bess. Le ravisseur de Ned retournera sûrement à la cabane où il sera rapidement ceinturé par les inspecteurs.»

Alice, elle, avait une autre idée.

«Laquelle?» demanda Marion, très excitée.

Chapitre 13

Evasion

« Voici mon idée, dit Alice à ses amis qui attendaient avec impatience. Nous sommes sûrs que Cros son utilise la vieille maison de ferme. Si c'est lui le ravisseur, il a pu y emmener Ned.

— C'est une bonne supposition », concéda Marion.

Bess suggéra qu'il avait pu cacher Ned dans le cagibi. Personne n'aurait l'idée d'aller y chercher quelqu'un.

« Autre bonne supposition, approuva Daniel en souriant à Bess.

— Dans ce cas, il faut aller tout de suite au secours de Ned, déclara Marion.

— Oui, convint Alice. Et il me vient une autre pensée. Crosson n'y restera peut-être que jusqu'à l'aube. Qui de vous est prêt à s'y rendre avec moi sur-le-champ ? »

Tous étaient impatients de se mettre en

route. Bob prit le volant — ce qui permit à Alice de réfléchir à toutes les inconnues du problème. L'homme aux cheveux roux s'était montré plus fort qu'elle jusqu'ici et elle entendait prendre sa revanche. Elle poussa un soupir. Il était vraiment très habile et essaierait de nouveau d'avoir le dessus.

« Oh ! oh ! fit Bob. Regardez devant vous ! La route est bloquée. »

Ils étaient à environ sept cents mètres de la ferme. Un amas de pierres encombrait la route. Au-dessus, une lanterne rouge et une pancarte :

DANGER
RISQUE D'EXPLOSION

Impossible de contourner ce véritable mur car de chaque côté de la chaussée se dressaient des arbres serrés les uns contre les autres.

« Qu'allons-nous faire ? » demanda Bess.

Bob avait son idée. Il fallait emprunter une route secondaire et aborder la ferme de l'autre côté. Le détour leur demanda une vingtaine de minutes. Quand ils arrivèrent à cinq cents mètres environ du bâtiment, ils furent encore arrêtés par un grand tas de broussailles en travers de la route, bordée par de hautes levées.

« Encore bloqués ! » s'écria Marion.

Alice fit remarquer qu'il n'y avait pas d'arbres le long de la route dans ce coin.

« Nous allons nous approcher de la maison à travers champs. »

Bess lui fit observer que ce ne serait pas une promenade facile.

« Mais je ne comprends pas pourquoi la première route était barrée. Il n'y avait pas de travaux visibles. »

Selon Alice la pancarte plantée sur le tas de pierres pouvait indiquer soit qu'on allait faire sauter la route, soit que de la dynamite prête à exploser y avait été placée. Cependant elle se demandait si celui qui avait dressé les deux obstacles ne l'avait pas fait pour écarter les visiteurs.

« Pourquoi ne pas prévenir la police et lui laisser le soin d'agir ? dit Bess.

— Mais tu oublies que Ned est peut-être prisonnier dans la ferme, lui rappela Marion. Allons-y, en route. Qui vient avec moi ? Je vous promets une aventure !

— J'attendrai dans l'auto », dit Bess.

Daniel décida de rester avec elle.

« C'est trop dangereux de la laisser seule », déclara-t-il.

Les trois autres partirent. Ils escaladèrent la levée et s'éloignèrent à travers champs. Comme c'était la pleine lune, ils n'eurent pas besoin de torches électriques pour éviter les embûches du terrain. Ils parvinrent à la ferme sans difficulté. Ils avançaient sans parler, en faisant le moins de bruit possible.

La maison abandonnée était plongée dans l'obscurité. Ils contournèrent un petit bosquet et approchèrent du bâtiment par-derrière.

Soudain, Alice s'arrêta net et tendit le doigt. Les autres regardèrent dans la direction qu'elle montrait. Un hélicoptère se profilait dans la clarté de la lune.

« Est-ce l'hélicoptère télécommandé ? chuchota Bob à l'oreille d'Alice.

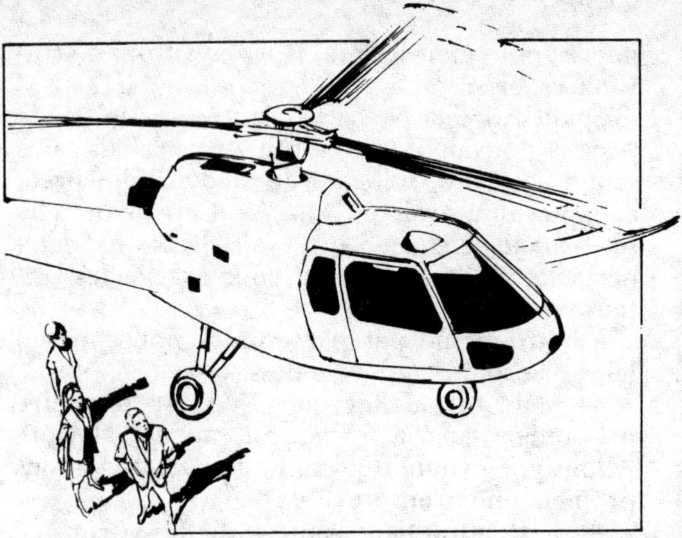

— Oui. Si Crosson et Ned sont venus avec, ils doivent être là!»

Ils se mirent à courir mais ils avaient à peine franchi quelques mètres que les moteurs se mirent à tourner et dans un vrombissement l'appareil s'éleva du sol.

Alice ne put s'empêcher de s'écrier :

« Ned, es-tu là ? Ned, es-tu à bord ? »

Ses amis joignirent leurs voix à la sienne mais aucune réponse, aucun signal ne leur parvint. Les jeunes gens se livrèrent alors à mille suppositions : à cause du bruit, la ou les personnes qui étaient à bord n'avaient pas pu les entendre. Ou n'avaient-ils pas voulu répondre ? Peut-être aussi n'y avait-il personne dans l'appareil. Dans ce cas, celui qui programmait le vol était-il dans les parages ?

Alice et ses amis s'avancèrent vers la maison. La porte n'était pas verrouillée. Ils entrèrent.

A l'aide de leurs torches, ils inspectèrent à fond la moindre pièce en prenant soin de ne pas se faire capturer à leur tour par un ennemi invisible.

Enfin, après avoir tout exploré, y compris la descente de linge, Alice dit tristement :

« Ned n'est pas prisonnier ici. Je crois qu'il était dans l'hélicoptère. Oh ! Comme je voudrais savoir où on l'emmène ! »

Cependant, Alice était sûre d'une chose : à moins qu'en vol le pilote changeât de cap, il ne se rendait ni à la cabane ni vers le marécage. Mais où allait-il ?

« Nous ferions bien de prévenir tout de suite la police, dit Bob. De cette manière deux des repaires du ravisseur seront sous surveillance.

— Autrement dit, ajouta Marion, on ne manquera pas de les retrouver, lui et Ned, tôt ou tard.

— A moins que le ravisseur aux cheveux roux n'ait encore d'autres cachettes, fit observer Alice.

— Retournons à la voiture », dit Bob.

Il raconta à Bess et Daniel ce qui était arrivé puis leur suggéra de regagner Emerson.

En chemin ils s'arrêtèrent au quartier général de la police. Alice entra pour raconter toute l'histoire. L'officier de service lui promit d'envoyer des hommes non seulement pour attendre l'éventuel retour de Ned et de son ravisseur mais aussi pour inspecter la portion de route barrée.

« Si nous trouvons qu'il n'y a rien d'anormal, nous ferons enlever les barrières et la route sera rouverte à la circulation. D'après ce que vous me dites, je suppose que sous la menace on a contraint votre ami à ériger ces obstacles.»

Alice eut un sourire.

«Je suis d'accord avec vous. Ce que j'espère, c'est que Ned ne sera pas maltraité jusqu'à ce que nous le retrouvions.»

Elle donna à l'officier de police son numéro de téléphone personnel et celui de la résidence où logeait Ned à l'université.

«Si j'apprends quoi que ce soit, promit l'officier de police, je vous appellerai aussitôt.»

Quand ils parvinrent au campus, Alice se rappela soudain son rendez-vous du lendemain avec Glenn.

«Cela ne servira pas à grand-chose de survoler le marécage, pensa-t-elle, puisque nous avons trouvé la cachette.»

Elle se demanda comment elle pourrait employer utilement le temps de vol qu'elle avait retenu. Soudain une idée lui vint.

«Pourquoi ne pas me rendre en hélicoptère à River City et m'entretenir avec papa et avec Marty King? se dit-elle. Il se peut qu'ils détiennent tous deux des renseignements qu'ils préfèrent ne pas me communiquer par téléphone.»

Elle mit ses deux amies au courant de son projet et le lendemain matin de bonne heure, Bob la conduisit à l'aérodrome pour y retrouver Glenn. Il était déjà prêt.

«J'ai changé mes plans, lui annonça Alice. Cela vous ennuierait-il de me conduire à River City et d'y rester un peu?

— Cela me va tout à fait», fit en souriant le jeune pilote.

Bob repartit; Alice monta à bord de l'hélicoptère et quelques minutes plus tard Glenn et elle prenaient la direction de River City.

« Pourquoi ce brusque changement de programme ? » demanda le jeune homme.

Elle lui raconta ce que ses amis et elle avaient découvert dans le repaire du marécage.

« Malheureusement, les gens qui s'y trouvaient sont partis en hélicoptère juste au moment où nous arrivions à la cabane, puis ils ont disparu de la vieille ferme », ajouta-t-elle.

Peu de temps après, Glenn atterrissait sur l'aéroport de River City. Alice lui dit qu'elle désirait d'abord se rendre chez elle pour voir s'il n'y avait pas de courrier.

« A vos ordres », fit en souriant le pilote.

Ils prirent un taxi. Alice donna son adresse au chauffeur, et peu après ils roulaient dans le quartier résidentiel de la petite ville.

« Nous arrivons », annonça Alice lorsque le taxi s'engagea dans une rue ombragée de sycomores.

Quand Alice descendit de taxi, Sarah se rua sur le perron. A la vue d'Alice et de Glenn, elle s'arrêta court, surprise.

« Je croyais que tu revenais avec Ned », s'exclama-t-elle en jetant un coup d'œil embarrassé au compagnon d'Alice.

La jeune fille lui présenta Glenn et ils entrèrent tous les trois dans la maison. Alice résuma à Sarah les points les plus importants de ses récentes aventures.

La gouvernante écoutait avec gravité. Quand la jeune fille eut terminé, elle s'exclama :

« Ce ravisseur est une véritable anguille ! »

Puis, changeant de sujet, elle proposa de leur préparer à déjeuner.

« Combien de temps pensez-vous rester ? »

Alice répondit qu'elle l'ignorait encore et elle ajouta :

« Je voudrais aller voir papa et Marty King. Si nous revenons ici pour déjeuner je te téléphonerai. Entre-temps, ouvre tes yeux et tes oreilles à...

— Ça va ! fit Sarah avec un bon rire, sus à toutes nouvelles ou indices susceptibles d'aider Alice Roy ! »

Alice se tourna vers Glenn.

« J'aimerais bien que vous fassiez la connaissance de mon père », lui dit-elle.

Les deux jeunes gens se rendirent à pied à l'étude de M. Roy. Mlle Hanson secoua la tête.

« Il vient de sortir.

— Alors, pourrais-je parler à Marty King ? demanda Alice.

— Navrée, répondit Mlle Hanson, mais elle est sortie avec votre père. Je crois qu'ils devaient se rendre à la banque avant de déjeuner ensemble. »

Alice s'efforça de ne pas montrer combien cette réponse la contrariait. Mais comme elle tenait à voir son père, elle demanda où ils allaient déjeuner.

« Je l'ignore, répondit la secrétaire. Désirez-vous me laisser un message ? »

Alice voulut savoir si Mlle Hanson avait entendu Marty King dire quoi que ce soit au sujet d'un mystère qu'elle tentait d'élucider.

De nouveau la secrétaire secoua négativement la tête. Avec un faible sourire, elle remarqua :

« Marty ne me dit pas grand-chose, vous savez. »

Alice décida de revenir en début d'après-midi. Entre-temps, Glenn et elle retourneraient déjeuner à la maison. Elle décrocha le téléphone de Mlle Hanson pour appeler Sarah.

« Nous déjeunerons avec toi, dit-elle, veux-tu que je rapporte quelque chose ? Un dessert, peut-être ?

— Inutile, ton père m'en a commandé un spécial pour le dîner. Je t'en servirai un peu.

— Qu'est-ce que c'est ? » demanda Alice.

Sarah eut un rire.

« Un de ses préférés, à toi aussi, je n'en dis pas plus. »

Alice et Glenn rentrèrent à pied. La fameuse surprise était une délicieuse meringue au citron, chef d'œuvre de Sarah. Après le dessert, Alice alla téléphoner aux Webb et aux Taylor pour leur donner des nouvelles de leurs filles et les mettre au courant des derniers événements. Chez les Webb, ce fut le père de Marion qui répondit :

« Allô ?

— Allô, ici Alice. Je suis venue pour quelques heures à River City et j'ai pensé que vous seriez contents de savoir où nous en sommes de l'affaire.

— Certes ! » fit M. Webb.

Après avoir écouté la jeune fille, il lui dit :

« Alice, j'ai moi aussi à vous communiquer des informations qui peuvent être pour vous d'une importance capitale. »

Chapitre 14

Accueil glacial

M. Webb lui raconta que la veille il s'était rendu pour affaire à Martin City.

« Ma conférence s'étant terminée plus tôt que prévu, j'ai décidé d'aller à Hager visiter le musée Anderson et voir ce fameux œil dont vous nous avez parlé toutes les trois.

— Et qu'en avez-vous pensé ? demanda Alice.

— Il n'était plus là.

— Vous voulez dire que quelqu'un l'a emporté ! s'exclama Alice, surprise. Mais qui ? »

Lorsqu'il s'était rendu au musée, lui répondit-il, il s'était présenté à Mlle Wilkin.

« Je lui ai exprimé mon désir de voir l'œil brillant que ma fille avait vu quelques jours auparavant. La femme est aussitôt devenue très nerveuse. Elle a prétendu qu'il n'existait pas d'œil brillant au musée. J'ai insisté et elle a fini par admettre qu'on l'avait enlevé.

— Mais qui a pu le faire? demanda vivement Alice.

— Mlle Wilkin a affirmé ne pas en avoir la moindre idée, lui répondit M. Webb. Elle n'était pas sur les lieux quand cela s'est produit et elle suppose qu'il a été repris par les autorités d'Emerson. »

Alice était stupéfaite.

« Vous a-t-elle dit autre chose? s'enquit-elle.

— Oui, et tout à fait en contradiction avec ce qu'on vous a raconté : aucun étudiant d'Emerson ne serait venu au musée depuis longtemps.

— Rien d'autre? demanda Alice.

— Non, rien d'autre. Aussi ai-je quitté le musée. Mais je pensais que vous aimeriez savoir ce que j'ai appris.

— Et comment! » fit Alice, ahurie par la tournure que prenaient les événements.

Elle remercia M. Webb et aussitôt après avoir raccroché elle composa le numéro du professeur Titus. Il fut aussi surpris qu'elle de ce qu'avait dit Mlle Wilkin.

« Elle a raison sur un point : aucun étudiant de mon département n'est allé au musée examiner cet œil. Et il n'est pas ici. D'ailleurs comment aurions-nous pu l'enlever puisqu'il ne nous appartient pas! »

Alice et lui discutèrent ce nouvel aspect du problème puis le professeur demanda s'il pourrait la rencontrer à quatre heures au musée.

« J'aimerais en savoir davantage sur cette affaire, ajouta-t-il.

— Restez en ligne, je vous prie. Je vais voir si le pilote qui m'a amenée ici peut me conduire à Hager. »

Elle posa le combiné sur la table et alla parler à Glenn, qui accepta avec plaisir cette nouvelle mission. Alice en fit part au professeur Titus.

« A quatre heures, c'est d'accord. »

Alice et Glenn retournèrent à pied à l'étude de M. Roy. L'avocat n'était pas encore de retour.

« Mais Marty King est là, dit Mlle Hanson. Vous désirez lui parler ?

— Oui. »

Se tournant vers Glenn, elle le pria de l'excuser pendant qu'elle s'entretenait avec Marty.

« Je vous attends ici, dit-il, mais surveillez l'heure. N'oubliez pas votre rendez-vous.

— N'ayez aucune crainte », promit Alice.

Elle ouvrit la porte du bureau de Marty.

« Bonjour, dit-elle. Je suis désolée de vous avoir manqués tout à l'heure et navrée que papa ne soit pas là maintenant. Comment va-t-il ?

— Oh ! à merveille, répondit Marty. Puis-je lui transmettre un message de votre part ?

— Non, mais j'aurais aimé vous mettre tous deux au courant du mystère de l'œil-brillant. »

Marty King se pencha en avant sur sa chaise.

« Marty, quand avez-vous eu pour la dernière fois des nouvelles de votre informateur ? » demanda Alice.

La jeune juriste ne répondit pas aussitôt. Elle semblait chercher une réponse.

« Pourquoi cela ?... Heu... Pas récemment », finit-elle par dire.

Alice décida de la prendre par surprise. La regardant droit dans les yeux, elle lui demanda :

« Quand avez-vous eu pour la dernière fois des nouvelles de Zapp Crosson ? »

Stupéfaite, Marty eut un haut-le-corps et ne répondit pas tout de suite, Elle se leva d'un bond, fit le tour de son bureau. Ses yeux étincelaient.

« Je ne sais pas ce que vous avez appris sur lui, fit-elle. Mais je puis vous dire ceci : J'ai découvert que c'est un dingue roux. »

Très excitée, Alice pensa que c'étaient les termes exacts employés par Ned dans son message à Bob.

« C'est ce qu'il semble, dit-elle à haute voix. Mais ce que je veux savoir, Marty, c'est quand vous l'avez vu pour la dernière fois ? Récemment ?

— Je ne l'ai pas vu depuis un bon bout de temps et ne veux plus le revoir — jamais ! » s'écria Marty en colère.

Alice sentit qu'elle avait l'avantage et résolut de pousser son interrogatoire.

« Quand avez-vous entendu parler de lui pour la dernière fois ? »

A ces mots, Marty rejeta la tête en arrière, une expression de mépris apparut sur son visage.

« Et ensuite vous allez me demander ce qu'il m'a dit au sujet de l'œil brillant.

— Oui, j'avais cela dans la tête, convint Alice, avec un petit sourire. Mais répondez à mon autre question ? Quand avez-vous entendu parler pour la dernière fois de Zapp Crosson ?

— Je ne vous le dirai pas, fit la jeune juriste avec défi.

— Comme vous voudrez, répondit Alice.

Mais je tiens à vous dire que Crosson est peut-être impliqué dans le rapt de Ned.

— Oh, vous voulez parler de votre cher ami ? répliqua Marty King. Je suis sûre que Zapp n'a rien à voir dans cette affaire. »

Marty King semblait effrayée par ce que venait de lui révéler Alice.

« Si vous voulez tout savoir, Zapp m'accable de lettres auxquelles je ne réponds pas. »

Alice lui demanda d'où venaient ces lettres.

« Le cachet est celui de la poste d'Emerson », répondit Marty.

Alice fixait un point loin devant elle. Cela signifiait que Crosson restait dans le secteur où Ned avait été enlevé. Elle devait donc concentrer tous ses efforts à le chercher dans ces parages.

Pendant quelques secondes Alice fut tentée de se confier à Marty. Mais un sentiment de méfiance l'envahit et elle changea d'idée.

« Il faut que je m'en aille maintenant, dit-elle. Merci, Marty, des précieux renseignements que vous m'avez donnés. Je crois devoir vous mettre en garde de nouveau. Zapp Crosson est dans de sérieux ennuis — très sérieux.

— Que voulez-vous dire ? demanda Marty. Entendez-vous par là qu'il serait soupçonné d'avoir enlevé Ned ?

— Oui », dit Alice.

La conversation se poursuivit quelques minutes sans rien apporter de nouveau. Marty essaya d'arracher à Alice de plus amples renseignements sur Crosson, mais la jeune détective resta évasive. Finalement, elle la quitta en lui disant qu'elle avait un autre rendez-vous.

Marty l'accompagna jusqu'à la porte. Alice lui présenta Glenn. La jeune juriste leva les sourcils et Alice put l'imaginer pensant :

« Où avez-vous rencontré ce beau garçon ? »

Très amusée, Alice se borna à dire :

« Dites à papa combien je regrette de ne pas l'avoir vu. Au revoir, Marty. Au revoir, mademoiselle Hanson. »

Avec Glenn, elle se hâta de regagner l'aéroport et peu après ils faisaient route vers Hager. Le pilote posa son appareil sur un aérodrome proche du musée Anderson et coupa le contact.

Comme ils sautaient à terre, il lui dit :

« J'espère que je ne suis pas indiscret, mais j'ai le sentiment que vous pourriez avoir besoin de quelqu'un pour vous protéger. Cela vous ennuierait-il si je vous accompagnais ?

— Non, avec plaisir », dit-elle.

Le professeur Titus attendait devant le bâtiment.

« Vous êtes l'exactitude même, dit-il. Allons-y. »

Alice présenta Glenn et ils pénétrèrent tous trois dans l'édifice. Mlle Wilkin leur fit le même accueil froid que d'habitude et les informa que le musée fermait à quatre heures et demie.

« Selon le guide, il reste ouvert jusqu'à cinq heures, intervint Alice.

— Il nous arrive de faire des exceptions, répondit Mlle Wilkin. C'est le cas ce soir. »

Alice s'efforça de ne pas manifester son agacement devant l'attitude sèche de cette femme.

« Nous aimerions visiter rapidement le musée.

— C'est bon, mais regardez les pancartes et ne touchez à rien », leur ordonna-t-elle.

Alice conduisit aussitôt le professeur et Glenn dans l'étroit passage derrière le mur où l'œil était apparu. Glenn inspecta la paroi à la recherche d'un commutateur qui pourrait actionner un quelconque mécanisme. Il en trouva un, le tourna, rien ne se produisit. Avec ses doigts délicats, il essaya d'en trouver un autre. Sans succès.

Le professeur faisait le tour de la salle où l'œil brillant était apparu tout en haut du mur. Pendant ce temps, Alice avait découvert un panneau coulissant dans la paroi près de l'endroit qu'inspectait Glenn. Le panneau masquait un placard. Vide.

La jeune fille y entra.

« Il y a peut-être un commutateur dedans », se dit-elle tout en tâtant le mur.

Tout à coup, elle ressentit une curieuse impression dans ses doigts, et voulut les retirer. Impossible. Toute sa main était plaquée au mur. Elle tira plus fort. En vain. Elle ne put la détacher, et, avant qu'elle ait pu appeler Glenn, le panneau se referma.

Alice comprit qu'elle courait un danger effrayant. De toute la force de ses poumons elle cria :

« Au secours ! Au secours ! »

Chapitre 15

Démission imprévue

En proie à une folle terreur, Alice continuait à hurler : « Au secours ! » Cependant, le professeur Titus et Glenn s'étaient aperçus de son absence mais ils ne pouvaient la voir, et le placard étouffait sa voix.

La malheureuse prisonnière était sur le point de perdre connaissance. Une vague pensée lui traversa l'esprit : si elle se baissait, peut-être réussirait-elle à arracher sa main du mur. Sans perdre l'équilibre, elle se pencha en arrière, exerçant ainsi une forte pression sur sa main. Elle ne bougea pas.

« Au secours ! » cria-t-elle encore d'une voix affaiblie.

Cette fois Glenn avait repéré l'endroit d'où venait l'appel, il fit coulisser le panneau.

« Que se passe-t-il ? demanda-t-il.

— Je, je ne peux pas... libérer ma main ! » murmura Alice.

Sur ces entrefaites le professeur Titus arriva. Pendant qu'Alice essayait de lui expliquer ce qui lui était arrivé, Glenn se précipitait à la recherche de Mlle Wilkin. Elle était assise dans le hall de réception.

« Vite! Coupez l'électricité, Mlle Roy est électrocutée. »

La gardienne guindée lui jeta un regard vide d'expression et ne bougea pas.

« Est-ce une plaisanterie? demanda-t-elle.

— Non! Non! assura Glenn. Mlle Roy est en danger. Je vous en prie, fermez tous les compteurs du bâtiment. »

Aussitôt Mlle Wilkin entra en action. Elle saisit des clefs dans un tiroir du bureau, traversa en courant le vestibule et disparut. Glenn la suivit.

La femme atteignit une grande armoire démodée et appuya sur les disjoncteurs. En un instant, tout le bâtiment fut plongé dans l'obscurité.

Glenn n'attendit pas que la gardienne ait regagné le vestibule. La lumière du jour qui pénétrait par les fenêtres lui suffisait pour se diriger. Il revint rapidement vers Alice. Il poussa un soupir de soulagement en la trouvant assise par terre, libérée du mur magnétisé. Le professeur Titus, à genoux à côté d'elle, lui massait vigoureusement les mains.

« Tout va-t-il bien? » demanda Glenn avec sollicitude.

Alice eut un sourire las.

« Cela ira mieux quand la circulation reprendra dans ma main et mon bras. Ils sont inertes. »

Le professeur continua à la masser quelques

minutes puis il demanda à Glenn de le remplacer. Le jeune pilote s'assit à terre et se mit à frotter de toutes ses forces la main et le bras d'Alice.

« C'est parfait! dit-elle. Merci beaucoup à vous deux. Je ne sais pas ce qui me serait arrivé si vous n'étiez venus à mon secours. »

Glenn eut un sourire.

« Oh! vous auriez imaginé quelque chose pour vous tirer d'affaire, répondit-il. Je n'en suis pas moins heureux d'avoir eu l'occasion de vous venir en aide. »

Bientôt, Mlle Wilkin rejoignit les visiteurs. Alice lui raconta ce qui lui était arrivé et demanda une explication.

La gardienne devint toute pâle.

« Je n'en ai pas la moindre idée. Cet endroit devient très inquiétant et ça ne me plaît pas. »

Elle semblait s'être beaucoup radoucie. Se penchant vers Alice, elle lui demanda comment elle se sentait.

« A peu près bien », répondit Alice.

Glenn continuait à lui masser la main et le bras.

« Pourriez-vous nous dire exactement ce que vous ressentiez quand votre main était plaquée au mur? dit-il.

— J'ai déjà subi des décharges électriques, répondit-elle. Mais celle-ci était différente. Ni picotements, ni chocs, j'avais plutôt l'impression qu'un aimant attirait ma main de plus en plus fort. L'instinct me disait de ne pas m'appuyer au mur. Sinon tout mon corps aurait été cloué au panneau. »

Le professeur Titus fronça les sourcils

comme s'il était plongé dans de profondes pensées.

« Le mur est-il tapissé ? » demanda-t-il.

Glenn alla voir.

« Oui, avec du papier peint. »

Le professeur déclara que, selon lui, ce papier recouvrait une plaque métallique posée sur une paroi métallique fixée au mur lui-même.

Alice avait dû se trouver au contact d'un conducteur électrique.

De nouveau Glenn inspecta le placard.

« Il y a un tapis sur le sol », dit-il.

Le professeur inclina la tête.

« Très vraisemblablement il est aussi conducteur. La plaque cachée dans le mur est sans nul doute reliée au pôle positif et Alice était reliée au pôle négatif, par le tapis ; le courant électrique a attiré la main d'Alice au mur et l'y a retenue.

« Quelque part dans le bâtiment, il doit exister un appareil pour faire varier l'intensité du courant. Cette fois-ci il était assez fort pour plaquer la main d'Alice au mur mais pas assez pour l'électrocuter. »

Mlle Wilkin avait écouté avec attention. Elle avait encore blêmi.

« Je ne me sens pas bien, dit-elle. Je vous serais reconnaissante de partir tout de suite. Je vais fermer le musée et rentrer chez moi. »

Glenn aida Alice à se relever et la tint solidement par le bras pendant qu'ils se dirigeaient tous trois vers la sortie.

Rassurée sur le sort d'Alice, Mlle Wilkin retourna vers les disjoncteurs et quelques instants plus tard toutes les lumières se rallumaient. Près de l'entrée du musée, Alice remarqua une pile de dépliants sur une table. Une pancarte invitait les visiteurs à se servir.

La jeune détective en prit un et découvrit qu'il contenait l'historique du musée et la liste de ses directeurs.

Avant de partir, Glenn se tourna vers Mlle Wilkin.

« J'aimerais venir inspecter demain ce mur étrange. Je suis expert en matière de mécanique et m'y connais assez en électricité. »

La gardienne le coupa net.

« Désolée mais je ne puis vous y autoriser. Je ne veux pas que de nouveaux accidents se produisent. En fait, je pense que vous ne devriez pas revenir ici, ni les uns ni les autres. »

Alice et le professeur échangèrent un regard mais ne firent pas de commentaire. Ils dirent au revoir à Mlle Wilkin et quittèrent le bâtiment. Le professeur avait sa voiture. Il offrit à Alice de la reconduire à la résidence universitaire.

Elle accepta en ajoutant :

« J'ai remarqué dans ce dépliant que le président du musée habite à Martin City. Il dirige une compagnie d'assurances. Glenn, pourriez-vous m'y conduire demain matin ? Il s'appelle M. Schneider et demeure dans la Grand-Rue.

— Avec plaisir, répondit le pilote. A quelle heure désirez-vous que nous décollions ?

— A neuf heures, si cela vous convient ?

— Parfait. »

Il dit au revoir au professeur et à la jeune fille.

« Vous savez, Alice, ajouta-t-il, avec un sourire, je crois maintenant ce que disent de vous vos amis. Partout où vous allez, vous avez une aventure. »

La jeune fille éclata de rire tandis qu'il prenait un raccourci pour regagner l'aérodrome. Elle monta en voiture avec le professeur et ils roulèrent vers l'université.

Quand Alice entra dans la chambre d'amis, Bess et Marion étaient en train de se changer. Elles la regardèrent attentivement.

« Alice! s'exclama Bess, il t'est arrivé quelque chose. Tu es blanche comme un linge! »

Son amie se laissa tomber sur le lit, s'y étendit.

« Je me sens un peu lasse », convint-elle.

Brièvement, en marquant des pauses, elle leur relata les péripéties du musée.

« Alice! Tu aurais pu mourir! » s'écria Bess.

Marion lui prit le poignet.

« Je ne crois pas que tu aies besoin d'un docteur, dit-elle. Mais ton pouls est faible. Je te conseille de rester couchée jusqu'à demain matin. »

Alice ne discuta pas. Elle n'avait qu'une envie : dormir. Son système nerveux avait subi un choc plus fort qu'elle ne l'avait d'abord pensé. Se rappelant tout le bien que lui avait fait le massage de Glenn, elle demanda à Marion de lui frotter vigoureusement le bras.

Elle avait reçu quelques notions de relaxation dans ses cours de gymnastique. Quelques minutes plus tard, elle dormait.

Il était près de dix heures, ce soir-là, quand elle se réveilla. En ouvrant les yeux, elle vit Bess, Marion, Bob et Daniel. Ils étaient entrés

sans bruit et la veillaient pour s'assurer qu'elle allait bien.

Avec une vigueur qui surprit ses amis, Alice s'assit, se frotta les yeux.

« Salut, vous tous! dit-elle. Cessez de vous tourmenter. Je me sens parfaitement bien. »

Elle eut un sourire.

« Mais je meurs de faim. Il doit être très tard. Est-ce possible de se mettre quelque chose sous la dent? »

Ils étaient tous si soulagés de l'entendre exprimer ce désir que ce fut à qui s'offrirait à lui préparer un repas.

Bob et Daniel dirent aux filles de les laisser faire.

« Nous savons ce qu'aime Alice, déclara Bob, nous allons lui choisir quelque chose de bon et peut-être aussi rapporter un casse-croûte pour nous autres. »

Les garçons firent merveille et apportèrent un véritable festin couronné d'une délicieuse glace aux fruits. Quelle agréable détente après une journée harassante! Satisfaits de voir qu'Alice était tout à fait bien, ils se séparèrent pour la nuit.

Le lendemain matin, Bess et Marion conduisirent leur amie à l'aérodrome où l'attendait Glenn. Ils partirent aussitôt et avant dix heures se posaient à Martin City. Glenn demanda le chemin pour se rendre Grand-Rue et trouva le bureau de M. Schneider. Par chance, il put les recevoir aussitôt.

Henry Schneider était un bel homme et de plus un homme aimable.

« Asseyez-vous, je vous en prie, dit-il. Que puis-je faire pour vous ? »

Alice lui expliqua d'abord qu'elle s'était intéressée au musée Anderson et à son mystère. En essayant de le résoudre, elle avait fait une expérience terrible.

« Un mystère, dites-vous ? fit M. Schneider.

— N'en avez-vous pas entendu parler ? » s'enquit Alice, interloquée.

L'homme secoua la tête.

« J'y mets rarement les pieds, je le reconnais. Je me fie à Mlle Wilkin pour me tenir au courant.

— Et vous ignorez ce qui s'est passé hier après-midi ? intervint Glenn.

— Oui, répondit le directeur. Je vous en prie, racontez-moi. »

Alice lui relata dans les détails sa première visite au musée avec l'apparition de l'œil brillant sur le mur. Puis elle lui dit y être revenue la veille après avoir appris de M. Webb que cet œil avait été dérobé.

« Mlle Wilkin pensait que des étudiants d'Emerson qui travaillaient dans cette salle l'avaient enlevé, poursuivit-elle. Quand elle a montré la liste des noms au professeur Titus, il n'en a reconnu aucun.

— Voilà qui est étonnant, fit M. Schneider. Un petit groupe de jeunes gens dirigés par un homme roux un peu plus âgé est venu ici il y a quelques mois pour demander s'ils pouvaient louer un coin du musée pour y mener des expériences inoffensives. »

Glenn eut un sourire.

« Elles sont loin d'être inoffensives », dit-il.

Et il raconta au directeur ce qui était arrivé à Alice.

M. Schneider ouvrit de grands yeux.

«Mais c'est criminel! fit-il. Il faut que je fasse rechercher ces jeunes.»

Il se tourna vers Alice.

«Entre-temps, je vais donner l'ordre à Mlle Wilkin de ne laisser pénétrer personne dans le musée sans être muni d'une autorisation spéciale. A propos, Alice, vous ne m'avez pas dit pourquoi vous vous êtes intéressée d'abord à ce musée?»

La jeune détective expliqua que son père, avocat, s'occupait d'une affaire liée au musée.

«Je ne sais pas de quoi il s'agit exactement, mais mon père m'a demandé d'enquêter sur le mystère de l'œil brillant, aussi je me suis rendue sur place.»

A ce moment, le téléphone grésilla. M. Schneider pria ses visiteurs de l'excuser. Il écouta un moment avant de répondre.

«Vous ne pouvez pas faire cela!»

Il écouta de nouveaux quelques instants, les sourcils froncés.

«C'est bon! dit-il enfin. Si vous insistez!... Mais je vais devoir prendre des mesures. Je ferai à votre banque un virement de ce que je vous dois.»

Il dit au revoir, et raccrocha le combiné.

«C'était Mlle Wilkin, confia-t-il. Elle m'a donné sa démission!

— Quoi!» s'exclama Glenn.

Alice précisa au directeur que la veille Mlle Wilkin s'était plainte de ne pas se sentir bien.

« Elle est peut-être malade, conclut la jeune fille.

— C'est possible, répondit M. Schneider, mais je crois plutôt que les événements dont vous m'avez parlé sont en partie responsables de sa démission si soudaine. Elle considérait ce musée comme son bien depuis des années ! Pour le quitter avec une telle hâte, quelque chose a dû la terrifier. »

Selon Alice, Mlle Wilkin en savait plus sur les étranges incidents qu'elle ne voulait le dire.

« J'aimerais aller la voir. Savez-vous où elle habite ? demanda-t-elle.

— Elle ne m'a pas appelé du musée, répondit M. Schneider, elle a quitté la ville et ne sait pas quand elle y reviendra. »

Alice restait perdue dans ses pensées. Voilà un nouvel aspect du mystère ! Mlle Wilkin serait-elle impliquée dans cette sombre machination ?

La jeune fille fut tirée de sa rêverie par la voix de M. Schneider.

« Mlle Wilkin n'est pas allée au musée ce matin, si bien qu'il est fermé. C'est malheureux. Il devra le rester jusqu'à ce que nous ayons trouvé un autre gardien. »

Une idée subite germa dans la tête d'Alice.

« Monsieur, deux de mes amies sont avec moi à Emerson pour travailler à élucider cette affaire. Que diriez-vous de nous laisser remplacer temporairement Mlle Wilkin ? »

M. Schneider réfléchit un moment à la proposition avant de répondre.

« C'est très aimable à vous, mais franchement je souhaite inviter un savant pour chercher une explication à ce qui se passe dans le musée. »

Alice suggéra de s'adresser au professeur Titus.

« Excellente idée, approuva le directeur. Pouvez-vous l'appeler d'ici ? »

Quelques minutes plus tard, Alice avait le professeur au bout du fil. Il accepta de travailler quelque temps au musée. Cette réponse enchanta M. Schneider.

« Plus vite je rentrerai à Emerson, mieux cela sera, dit Alice. Merci beaucoup de nous avoir reçus. Mes amis et moi nous nous efforcerons de faire du bon travail.

— Et de résoudre cette énigme », répondit en souriant le directeur.

Il sortit d'un classeur un dossier et leur tendit un plan du musée.

« Cela devrait vous aider, mais faites attention. Je ne voudrais pas qu'il vous arrive malheur. »

Alice promit d'être la prudence même.

Puis Glenn et elle prirent congé du directeur et se retirèrent. Ils se rendirent à l'aérodrome et le jeune pilote ramena Alice à Emerson. Au moment de la quitter, il lui retint la main en lui disant :

« Si vous avez besoin de moi, à n'importe quel moment, n'hésitez pas à m'appeler. J'arriverai en renfort avec mon hélicoptère. »

Elle le remercia par un sourire.

« Promis », dit-elle.

Elle téléphona à Bess et à Marion qui vinrent aussitôt la chercher à l'aérodrome. En apprenant leur nouvelle mission, les cousines furent très excitées. Toutefois cet emploi effrayait Bess.

« Dieu sait ce qui peut nous arriver !

— Ne fais pas la poule mouillée, gronda Marion. Nous allons non seulement élucider ainsi le mystère mais capturer le misérable.

— Oui, dit Alice doucement, et retrouver Ned. »

Chapitre 16

Surprenante découverte

Ce soir-là les jeunes gens retournèrent le problème sous tous ses angles, mais toujours ils revenaient à Ned Nickerson. Où était-il?

«Je suis sûr, dit Bob, que Zapp Crosson, ou le ravisseur quel qu'il soit, sait que deux de ses repaires sont sous surveillance. Il serait par trop stupide d'y retourner.

— Mais où peut-il garder Ned prisonnier alors? intervint Marion.

— Je voudrais bien le savoir! répondit Bob. Mais je suis persuadé qu'il a dissimulé l'hélicoptère quelque part et se cache dans un nouvel endroit avec Ned.»

Daniel remarqua avec un grognement que tout cela signifiait pratiquement repartir à zéro.

«Oui, convint Bess. Nous ne possédons pas

le moindre indice pour nous guider dans nos recherches. Qu'allons-nous faire ? »

Jusqu'alors Alice n'avait rien dit. Une idée prenait forme, cependant, dans sa tête.

« Alice Roy, dit enfin Marion, qu'est-ce qui tourbillonne dans ta cervelle ? Tu as ce regard lointain qu'on te voit quand tu t'apprêtes à partir sur une nouvelle piste. »

Alice eut un sourire.

« Oui, je réfléchis à une autre manière d'aborder le sujet. Donnez-moi un peu de temps. S'il ne sort rien de mon plan, je ne veux pas faire piteuse mine devant vous autres détectives ! »

Ses amis éclatèrent de rire.

« En combien d'occasions t'es-tu trompée ? Moi je ne me souviens d'aucune.

— Les idées d'Alice sont en général bonnes mais, parfois, dit Daniel — et il fit une pause avant de poursuivre —, elle passe par des moments éprouvants avant d'amener un mystère à sa conclusion. »

Bientôt ce fut à qui bâillerait le plus souvent, aussi se souhaitèrent-ils bonne nuit. Bob et Daniel étaient retenus le lendemain dimanche.

« Nous ne pourrons sans doute pas vous voir dans la matinée. Vous allez au musée, n'est-ce pas ? »

Alice fit un signe de tête affirmatif et promit de leur téléphoner si quelque chose d'anormal ou d'excitant se produisait.

Le lendemain matin, aussitôt après le petit déjeuner, les jeunes filles rangèrent leur chambre et passèrent en voiture chercher le professeur Titus. Il s'installa à l'avant et ils prirent la direction du musée Anderson.

Le professeur se tourna vers Alice.

« Vous allez résoudre l'énigme aujourd'hui, n'est-ce pas ? » fit-il avec une lueur amusée dans les yeux.

« Pourquoi pas ? » rétorqua-t-elle.

Puis redevenant sérieuse, elle ajouta :

« Crosson et Ned n'ont pas encore été retrouvés. Nous pensons tous que le ravisseur a un autre repaire.

— Et nous n'avons pas la moindre idée du lieu où il est, intervint Bess, bien que nous soupçonnions Alice d'en avoir une. »

Son amie ne dit rien et peu après ils arrivaient au musée. Elle en ouvrit la porte avec une clef remise par M. Schneider et ils entrèrent. Le professeur alluma la lampe du vestibule.

« Alice, dit-il, si vous nous donniez à chacun un travail à faire ? Je ne suis pas très familiarisé avec ce qui est exposé ici. Il faudrait peut-être que je sache comment répondre aux questions des visiteurs. »

Alice dit qu'elle avait envisagé un plan d'action pour le groupe mais plus en rapport avec leurs préoccupations qu'avec les visiteurs.

« Je vous suggère ceci : Bess va s'asseoir au bureau où se tenait Mlle Wilkin. Elle distribuera les tickets d'entrée et remettra à chaque visiteur un plan des salles. »

Marion suggéra que sa cousine observe attentivement les arrivants. Si l'un d'eux lui paraissait suspect, elle appellerait aussitôt.

Alice pria le professeur Titus d'aller dans la

pièce où ils avaient vu apparaître l'œil brillant et de bien surveiller le mur.

« Si quoi que ce soit d'anormal se produit, lancez un coup de sifflet et nous accourrons toutes.

— Et moi, que dois-je faire ? demanda Marion.

— Nous deux, nous irons explorer le premier étage, dit Alice. Il ne doit pas faire partie du musée parce que Mlle Wilkin n'en a pas parlé, en outre il n'est pas mentionné sur le plan qu'on remet aux visiteurs.

— Et comment parvient-on au premier ? fit Marion. Je ne vois d'escalier nulle part. »

La jeune détective lui dit qu'elles allaient le chercher. Elle lui montra sur le plan les lettres « ES » inscrites sur le fond du vestibule. Elles indiquaient sans doute une porte conduisant à un escalier.

Les deux jeunes filles trouvèrent rapidement la porte. Elle s'ouvrit sans difficulté sur une volée de marches très raides. Le premier étage comportait plusieurs chambres à coucher avec salles de bains.

Marion et Alice les parcoururent. Elles étaient dans un ordre parfait et ne semblaient pas avoir été utilisées récemment.

« Je suppose que personne n'y a dormi, dit Marion, comme elles arrivaient à la dernière pièce. Oh ! Oh ! je me trompais », s'écria-t-elle soudain.

S'il n'y avait pas de vêtements en vue, en revanche le lit semblait avoir été refait à la hâte et, dans la salle de bains, des serviettes fripées étaient jetées négligemment sur les porte-serviettes.

Alice en déduisit que Mlle Wilkin n'avait pas habité cette chambre.

« Elle est beaucoup trop soigneuse pour avoir laissé la pièce dans cet état.

— Alors qui ? demanda Marion. Je parie que tu penses à Zapp Crosson. »

Alice eut un sourire.

« Oui, c'est à lui que je pense mais je me demande si Ned était avec lui. »

Marion en doutait. Ned se serait arrangé pour laisser un indice dans l'espoir qu'Alice le trouverait. Les deux jeunes filles se livrèrent à une fouille systématique des tiroirs, défirent même le lit. En vain. Pas la moindre trace susceptible de les aider à résoudre l'énigme.

« Je ne crois pas que Mlle Wilkin se soit doutée de quelque chose, dit Marion. Zapp travaillait sans doute à ses inventions folles quand elle n'était pas de service.

— D'un autre côté, répondit Alice, il se peut qu'il lui ait fait peur pour l'obliger à garder le silence, mais notre enquête l'a effrayée et elle a donné sa démission en toute hâte. »

Perplexes, les jeunes filles gagnèrent l'escalier. Juste à ce moment elles entendirent un choc sourd au second étage. Les deux jeunes détectives se regardèrent. L'intrus était-il là-haut ?

Elles avaient remarqué une porte qui conduisait sans doute au-dessus. Alice essaya de l'ouvrir. Elle était fermée à clef.

« J'aimerais bien jeter un coup d'œil là-haut,

dit Alice. Il y a peut-être quelque part en bas une clef pour cette porte.»

Avant de descendre la chercher, Marion voulut inspecter tous les tiroirs des meubles du premier étage. Alice l'aida. Mais sans succès. Pendant ce temps, plus aucun bruit ne parvint du second étage.

«Il n'y a peut-être personne, décida Marion. Quelque chose a dû tomber.»

Les jeunes filles redescendirent au rez-de-chaussée et entreprirent une nouvelle inspection. Quand elles arrivèrent dans le vestibule, elles prièrent Bess de regarder dans le bureau. Les tiroirs ne contenaient aucune clef.

«As-tu entendu un bruit sourd en haut? demanda Marion à sa cousine.

— Oui, j'ai cru que l'une de vous avait heurté quelque chose.

— Non, c'était au second étage, lui dit Marion. Nous étions au premier.»

Bess fit la grimace, ses épaules s'affaissèrent.

«C'est de plus en plus bizarre et inquiétant. Je serai contente quand il sera cinq heures. Nous n'avons pas eu un seul visiteur. Il est possible que d'autres que nous aient fait d'étranges expériences ici.»

Alice et Marion se rendirent dans la grande salle où le professeur Titus était de garde. Lui non plus n'avait rien vu d'extraordinaire, mais avait entendu le coup sourd. Il avait pensé que les jeunes filles en étaient la cause. Quand il apprit qu'il n'en était rien, son visage s'assombrit.

«Il y a sans doute quelqu'un là-haut. Il vaudrait mieux prévenir la police.»

Alice répondit qu'elle préférait inspecter le second étage avant d'alerter la police.

« Il doit y avoir une échelle dans le sous-sol. Je vais l'utiliser. »

Elles n'en trouvèrent aucune. Alice proposa alors de chercher un escalier secret qui mènerait au second.

« Examinons d'abord la cheminée qui se trouve au centre de la maison. »

Elles se livrèrent à une minutieuse inspection tout en veillant à se tenir à l'écart du mur qui s'était révélé si dangereux pour Alice. De nouveau ce fut la déception.

« Maintenant je vous en prie, renoncez, Alice, insista le professeur. Appelons la police.

— Vous avez raison, dit-elle, et elle se dirigea vers le vestibule pour faire le numéro.

— C'est inutile, intervint aussitôt Bess, le téléphone ne fonctionne plus. J'ai essayé d'appeler les garçons à l'université. Mais viens ici, j'ai quelque chose de très intéressant à te montrer. »

Tous se précipitèrent vers le bureau où Bess était assise.

« J'ai fait une découverte, dit-elle. Lorsque tu m'as demandé de chercher la clef, j'ai inspecté le contenu du tiroir et j'ai trouvé ceci. »

Elle leur montra un cahier de poèmes, écrits à la main, et commença à en lire quelques-uns.

« Ils sont un peu fous! remarqua le professeur. Qui en est l'auteur ? »

En réponse, Bess ouvrit le livre à la première page. On lisait ceci :

A ma chère et si compréhensive tante Béatrice Wilkin.

CYCLOPE.

Chapitre 17

La lumière paralysante

Béatrice Wilkin, la tante du Cyclope!

Pressés tous trois contre le petit bureau où Bess était assise, ils fixaient avec stupeur le livre qu'elle avait découvert.

« Je ne peux pas y croire, éclata Marion. Cette petite femme guindée, la tante d'un criminel! »

Alice voulut feuilleter le livre en quête d'une autre information. Son contenu les stupéfia et ils se demandaient pourquoi Mlle Wilkin avait laissé là ce manuscrit.

« On se serait attendu plutôt à ce qu'elle ait voulu cacher un tel document », dit le professeur.

Bess poussa un soupir.

« Elle l'aura oublié dans sa hâte de partir », fit-elle.

Au fur et à mesure qu'ils lisaient les poèmes,

ils admettaient tous que cette vieille gardienne avait permis au Cyclope de dormir au premier étage du musée et de mener des expériences à l'intérieur du bâtiment.

« Cela signifie en tout cas que le Cyclope désigne une seule et même personne et non pas un gang, conclut Alice.

— Tu oublies ses camarades ? intervint Marion. Que savaient-ils au juste ?

— Lis ceci ! dit Alice, le Cyclope réalisait ici des expériences sur l'œil brillant et Mlle Wilkin était au courant !

— Crois-tu qu'elle travaillait main dans la main avec son neveu ? demanda Marion.

— Cela semble incroyable, répondit le professeur Titus. Je penserais plutôt que Mlle Wilkin ne comprenait rien à cette invention. Ses soupçons sont nés lorsqu'elle a vu plusieurs personnes s'y intéresser. Puis, après ce qui est arrivé à Alice hier, elle a été prise de panique et est partie sur-le-champ. »

Cette explication était loin de satisfaire Alice. Mlle Wilkin croyait-elle, vraiment, que les camarades du Cyclope étaient des étudiants d'Emerson ? Ou avait-elle menti à Alice et à ses amies quand elle leur en avait parlé ?

La discussion fut interrompue par un coup frappé à la porte d'entrée. Le professeur ouvrit et laissa pénétrer un homme qui se présenta sous le nom de Ben Farley, de la Compagnie du Téléphone.

« Nous avons reçu des réclamations de plusieurs personnes qui ne pouvaient pas obtenir votre numéro. Votre appareil est en dérangement. »

Alice sortit le plan du rez-de-chaussée du musée pour repérer le poste central. Elle le trouva. Le réparateur pensait que la ligne d'arrivée était située au sous-sol. Ils s'y rendirent tous.

« Hum ! fit le réparateur, quelqu'un a coupé la ligne. »

Après l'avoir examinée soigneusement il demanda.

« Y a-t-il eu un vol ? »

Le professeur répondit qu'il ne le pensait pas, mais qu'un intrus avait dormi au premier étage.

Le réparateur alla chercher dans sa camionnette le matériel nécessaire à la réparation, et les autres remontèrent lire les poèmes du Cyclope. De nombreuses allusions semblaient indiquer que le Cyclope et Zapp Crosson ne faisaient qu'un. Il était parfois question d'un petit garçon doté d'un mauvais caractère et de cheveux roux ardent.

« C'est sans doute de lui qu'il parle », dit Marion.

Alice était persuadée que Crosson allait revenir au musée et peut-être y amener ses complices.

« Il faudrait rester pour surveiller les lieux », dit-elle.

Le professeur se proposa.

« Pas seul ! dit Alice. Bess, Marion et moi ne devons pas vous quitter. »

A ce moment le réparateur vint annoncer que la ligne était remise en service.

« Ouf ! fit Bess, c'est rassurant de se savoir relié au monde extérieur. »

Le réparateur sourit. Si un nouvel ennui se

produisait, dit-il, il suffirait de prévenir la Compagnie. Et il s'en alla.

«Je vais commencer par appeler mon père», dit Alice.

Le professeur Titus, lui, tenait à prévenir sa femme du changement de programme.

«Nous devrions également prévenir Bob et Daniel, intervint Bess.

— Oui, acquiesça Marion, et en profiter pour leur demander s'ils ont du nouveau à propos de Ned.»

Ils passèrent leurs différents coups de fil. Bob et Daniel furent surpris, voire inquiets pour la sécurité de leurs amies, mais estimèrent que l'idée de rester de garde là-bas n'était pas mauvaise.

«Nous ne savons rien de plus de Ned», ajouta Bob.

Quand ils eurent fini de téléphoner, Bess affamée consulta son bracelet-montre.

«Savez-vous qu'il est l'heure de dîner? Si j'appelais un restaurant en ville pour commander quatre repas?»

Elle s'adressa à plusieurs restaurants, sans succès, et commençait à se dire qu'ils resteraient tous sur leur faim, quand elle trouva une auberge située sur la route et qui livrait des repas. Une heure plus tard, les plats arrivaient. Ils s'assirent dans le vestibule pour dîner. Après avoir terminé, chacun se mit à dodeliner de la tête, et à se frotter les yeux.

Ils firent les cent pas, essayant de rester éveillés. Mais à dix heures ils étaient de nouveau assis et s'installaient confortablement pour faire un petit somme.

Toutes les lumières avaient été éteintes et les guetteurs gardèrent le silence jusqu'à ce que le sommeil eût raison d'eux.

Aucun d'eux n'aurait pu dire depuis combien de temps ils somnolaient quand ils furent brutalement réveillés par un fort projecteur braqué sur leurs visages.

Ils s'aperçurent que la lumière semblait être émise par un immense œil brillant.

Le premier réflexe d'Alice fut de se précipiter vers la personne qui tenait le projecteur. A sa vive surprise, elle découvrit qu'elle ne pouvait plus bouger. Elle regarda, stupéfaite, les autres. Ils étaient assis, paralysés.

Soudain, une voix qui semblait venir de loin s'éleva :

« N'essayez pas de me suivre, même quand vous pourrez de nouveau bouger. »

Aussitôt l'immense lumière s'éteignit, le groupe entendit vaguement la porte d'entrée s'ouvrir et se refermer. La personne et son projecteur à l'œil brillant étaient partis.

Ils restèrent cinq bonnes minutes sans pouvoir ni bouger ni parler. Enfin, Alice se leva lentement et se dirigea vers l'appareil téléphonique. Quand elle souleva le combiné, la tonalité s'établit. Elle composa le numéro de la police. Le sergent de garde promit d'envoyer des hommes sur-le-champ.

Alice alluma les lumières du vestibule et demanda aux autres comment ils se sentaient. Par chance, aucun ne souffrait de troubles consécutifs à cette brève paralysie.

« C'est une expérience plutôt étrange, remarqua le professeur.

— Avez-vous une explication de ce phénomène ? lui demanda Alice.

— Pas exactement, répliqua-t-il, mais cela me rappelle un article sur une expérience d'étudiants en médecine et concernant les ondes cérébrales émises par un sujet préalablement plongé en sommeil hypnotique. On avait découvert que son état cérébral pouvait être "imprimé" sur un autre cerveau, par l'utilisation d'un rayon laser réglé sur une longueur d'onde définie. Les émissions cérébrales primitives devaient, bien sûr, être auparavant programmées avant d'être ainsi transcrites. Ce système aboutissait enfin à produire un sommeil "paralysant". »

Alice restait pensive.

« Ce n'est pas ce qui a dû nous arriver, parce que personne ne nous a hypnotisés et il aurait fallu que la programmation soit différente pour chacun d'entre nous.

— C'est exact, convint le professeur Titus. Le phénomène dont nous avons été victimes exigera de longues études. »

Bess écarquilla les yeux.

« Qui diantre pourrait penser à une invention aussi horrible ? »

Le professeur sourit.

« Les criminels ont recours à bien des techniques qui pourtant sembleraient dépasser leurs capacités. Il me semble avoir reconnu la voix de Zapp Crosson dans celle qui nous a lancé l'avertissement, tout à l'heure.

— Peut-être s'était-il caché au deuxième étage, suggéra Marion. Je cours voir si la porte qui y conduit est encore verrouillée. »

Quelques minutes plus tard elle revint annoncer qu'elle était toujours fermée.

Bess parut effrayée.

« Veux-tu dire que Zapp Crosson est encore là-haut avec sa lumière paralysante et peut revenir d'un moment à l'autre, pour s'en servir contre nous ? »

Alice dit qu'elle en doutait fort parce qu'elle avait entendu claquer la porte d'entrée.

« Je ne pense pas qu'il revienne d'ici quelque temps. »

Elle prit le téléphone, appela de nouveau la police en demandant qu'on envoie également un serrurier.

Dix minutes plus tard, plusieurs inspecteurs débarquaient au musée. Ils avaient avec eux le docteur Marcus, médecin de la police, qui insista pour examiner les victimes de la lumière paralysante.

Il testa leurs réflexes et annonça que tous étaient en bonne santé. Il voulut savoir ce qu'ils avaient ressenti pendant leur immobilisation. Le professeur et les jeunes filles répondirent qu'ils n'avaient éprouvé aucune sensation particulière, en dehors de l'incapacité de bouger.

« Pouvons-nous vous suivre là-haut et vous voir ouvrir la porte ? demanda Alice au policier serrurier.

— Certainement, répondit-il. Je m'appelle Tim Rooney. »

Ils montèrent tous l'escalier et regardèrent le policier essayer une clef après l'autre. Enfin il ouvrit la porte.

Les jeunes filles voulurent se précipiter au second étage.

« Non, dit le docteur Marcus, pas avant que nous nous soyons assurés qu'il n'y a pas de danger. »

Quelques minutes plus tard, il redescendit.

« Ça va, vous pouvez monter. Attendez-vous à une surprise, dit-il. Il y un magnifique laboratoire d'électricité et d'électronique.

— C'est ahurissant ! » fit le professeur Titus.

Alice montait déjà l'escalier. Dans le vaste grenier, elle fut plus particulièrement attirée par une série de gravures sur les murs. Elles représentaient d'horribles scènes de carnages, des combats, des groupes et des massacres d'animaux.

« Quelle horreur ! » s'exclama Bess.

Ils regardaient tous avec effroi des reproductions montrant des personnes ou des animaux auxquels on s'apprêtait à arracher un œil avec toutes sortes d'armes blanches.

Bess se couvrit les yeux et le docteur Marcus murmura :

« L'homme qui possède ces images est un tueur d'une espèce rare et dangereuse. »

Le cœur d'Alice s'arrêta.

« Et Ned est son prisonnier... »

Elle ne put en dire davantage.

Chapitre 18

Etrange empreinte de talon

«Alice! Tu es blanche comme un linge! s'exclama Bess. Qu'as-tu?

— Je pensais à ce que Crosson pourrait faire à Ned!»

Marion lui passa un bras autour des épaules.

«Je t'en prie, ne songe pas au pire. Je suis sûre que nous réussirons à capturer ce misérable avant qu'il ne se livre à un acte irréparable. Si, ajouta-t-elle, Crosson veut arracher des informations à Ned, il n'a pas intérêt à le tuer.

— Mais il peut le mutiler», dit Alice, les yeux pleins de larmes.

Elle enfouit son visage dans ses bras, respira profondément.

Quelques secondes plus tard, elle relevait la tête.

« Tu as raison, Marion. Je ne dois pas me laisser aller, mais agir. »

Elle demanda au policier serrurier si elle pouvait garder la clef ouvrant la porte du grenier.

Il eut un sourire.

« Vous espérez piéger le ravisseur ici même, dans son propre laboratoire ? »

Alice inclina la tête et il lui promit d'en faire faire un double tout de suite et de le lui remettre.

Un des autres inspecteurs pria le professeur Titus et les jeunes filles de quitter le grenier.

« Nous voulons perquisitionner à fond, car nous avons l'espoir de trouver le projecteur en forme d'œil, dit-il, et il peut y avoir d'autres gadgets dangereux. »

Ils descendirent donc dans le vestibule.

« Quelle est notre prochain objectif ? demanda Marion à Alice.

— J'aimerais maintenant me livrer à une enquête traditionnelle, répondit son amie. Pendant que le professeur garde le musée, nous pourrions prendre nos torches, nos loupes et inspecter les alentours. Si Crosson était ici hier soir, il a dû laisser des empreintes. »

Le professeur approuva cette initiative et les trois amies sortirent pour examiner le terrain.

Au bout de quelques minutes, Alice fixait d'un regard intense une série d'empreintes de pied que, grâce à sa torche électrique et à sa loupe, elle avait découvertes.

« Regardez ! » cria-t-elle.

Les deux cousines accoururent. Elles virent les empreintes et peu après une autre série identique, bien nette, dans du sol plus mou.

« La marque du talon est une copie de l'œil brillant du Cyclope ! » s'exclama Alice en la montrant.

On voyait, clairement dessiné, le visage affreux d'un cyclope avec un œil au milieu du front.

« Crois-tu que Crosson est le seul à utiliser ce signe ou qu'il sert aussi à ses complices ? » demanda Marion.

Alice déclara ne pas en avoir la moindre idée.

« Mais je vais en parler aux inspecteurs », dit-elle.

Les jeunes filles rentrèrent dans le musée. Les inspecteurs descendaient justement du grenier.

« Nous n'avons rien trouvé de dangereux, dit un policier, aussi vous pouvez monter. Mais soyez quand même prudente, mademoiselle Roy.

— Je voudrais vous montrer quelque chose, d'abord, répondit Alice. C'est dehors. Veuillez me suivre. »

Elle les conduisit à l'endroit où elle avait trouvé l'empreinte du talon. Les hommes la regardèrent perplexes.

« C'est vraiment étrange, dit un inspecteur. Je vais appeler le quartier général et demander s'ils ont eu connaissance de quelque chose de ce genre. »

Ils retournèrent tous dans le vestibule où l'inspecteur téléphona. Son interlocuteur lui parla longuement.

Il reposa l'appareil et résuma sa conversation. Une bande de sorciers, expliqua-t-il, aurait vécu il y a longtemps en Europe. Ces hommes se prétendaient magiciens et n'étaient en fait qu'une bande d'escrocs. Ils hypnotisaient quiconque se mettait en travers de leurs activités.

« Peut-être ces sorciers réussissaient-ils à provoquer une paralysie temporaire chez leurs victimes, dit Alice, et c'est ce qui a donné à Crosson l'idée de l'œil paralysant. »

L'inspecteur regarda la jeune détective droit dans les yeux.

« Pensez-vous que votre ami Ned Nickerson ait pris une part quelconque dans l'invention de l'œil brillant ?

— Pas du tout, répondit-elle vivement. Je suppose qu'il travaillait sur un autre projet qu'il gardait secret. Crosson aura découvert ce dont il s'agissait et aura tenté de voler l'invention. Mais jusqu'à présent Ned a refusé de fournir les données à Crosson. »

Avant que nul n'ait pu faire un commentaire on entendit un grand coup frappé à la porte. Un inspecteur alla ouvrir. C'était le policier serrurier. Il éclata de rire.

« On croirait que vous vous attendiez à voir apparaître un monstre. Ce n'est que moi.

— Nous n'aurions pas été surpris de voir surgir un monstre, déclara Marion. Mais nous nous attendions plutôt à un sorcier.

— D'où vous vient cette idée ? » fit en riant Tim Rooney.

Alice lui raconta ce qu'ils avaient appris en son absence. L'histoire de ce groupe de sorciers l'intrigua.

« Je n'en suis pas un, dit-il, en souriant, encore que j'aie la réputation de pouvoir ouvrir n'importe quelle porte. Tenez, mademoiselle

Roy, voici la clef du grenier. J'espère que vous allez attraper votre homme au plus vite. »

Les inspecteurs partirent après avoir pris un moulage de l'étrange empreinte et conseillé au groupe de ne pas prendre de risques. Les jeunes filles restèrent un moment à discuter avec le professeur Titus puis ce dernier se rendit dans la salle où l'œil brillant était apparu sur le mur.

« Ecoutez! dit tout à coup Bess. J'entends une voiture! »

Les amies se demandaient qui pouvait venir au musée. Elles étaient certaines que ce n'était ni Crosson, ni un des complices du Cyclope. Quelques secondes plus tard, un coup ébranlait la porte.

« Qui est là? » demanda Alice.

Deux voix graves répondirent.

« Vos gardes du corps. »

Les jeunes filles éclatèrent de rire.

Bob et Daniel!

Bess ouvrit vivement la porte et les garçons entrèrent.

« Nous avons pensé qu'il fallait renforcer votre protection », fit Bob en souriant.

A ce moment, le professeur rejoignait le groupe.

« Ainsi donc vous ne me faites pas confiance pour prendre soin de ces demoiselles! » dit-il, une lueur malicieuse dans les yeux.

Bob et Daniel comprenaient bien qu'il les taquinait mais sa remarque les embarrassa légèrement.

« Désolé, monsieur, fit Daniel. Bien sûr, nous avons confiance mais nous avions surtout envie de voir un peu ce qui se passait.

— Explication plutôt tirée par les cheveux! » répondit le professeur feignant d'être sarcastique comme cela lui arrivait de l'être pendant ses cours.

Alice intervint.

« Puisque vous êtes ici, nous allons vous mettre à l'ouvrage. D'abord nous vous raconterons les incidents de la soirée, ensuite, au travail. »

Les deux garçons écoutèrent avec stupeur le récit d'Alice.

« Comme d'habitude il arrive plus de choses à Alice et à ses amies en deux heures, commenta Daniel, qu'il pourrait en arriver en deux ans à un autre. »

La jeune fille sourit avant de donner ses directives.

« Inspectons à fond ce musée. Je vous propose de nous partager la tâche.

— Bonne idée, dit Bob. Où veux-tu que j'aille ?

— Nous pourrions aller toi et moi au grenier, répondit Alice. Attends un peu de voir cet extraordinaire laboratoire ! »

Elle assigna à chacun un rôle. Le professeur Titus et Marion devaient se placer en face du mur où était apparu l'œil.

« Et vous, Bess et Daniel, vous resterez de garde à la porte d'entrée. »

Le groupe se dispersa rapidement et deux par deux ils gagnèrent leur poste respectif. Alice et Bob se hâtèrent de monter au grenier. Alice ouvrit la porte avec la clef qu'elle venait de recevoir, alluma l'électricité et referma la porte. Bob l'avait suivie et quelques instants plus tard il contemplait avec ahurissement l'équipement.

A ce moment, Alice entendit comme un bruit d'hélicoptère. Etait-ce Crosson ? Elle éteignit vivement la lumière et conseilla à Bob de venir regarder par la fenêtre avec elle.

Ils virent un hélicoptère descendre dans le champ qui s'étendait derrière le musée.

« Bob, je parie que c'est Crosson ! » s'écria Alice.

Ensemble ils observèrent le grand oiseau se poser. La même pensée les traversa, tous deux. Etait-ce l'appareil télécommandé qui avait atterri dans le jardin d'Alice à River City ?

« Peut-être que Ned et Crosson sont à bord ? » dit Bob.

L'hélicoptère se posa mais aussitôt reprit l'air, décrivit quelques cercles et disparut.

« Il est possible qu'il ait déposé quelqu'un, fit Alice.

— Et qui va venir dans le musée ? » ajouta Bob.

Juste à ce moment, un cri s'éleva du rez-de-chaussée.

Chapitre 19

Le captif

Qui avait crié ? Un membre de leur groupe ou un intrus ?

Alice était partagée entre deux hypothèses : le cri avait pu être poussé par Bess soudain effrayée, ou par un visiteur désireux de les faire sortir, Bob et elle, du grenier.

Quoi qu'il en soit, il fallait lever le doute.

« Je vais y aller, proposa Alice. Toi, tu restes ici au cas où Crosson ou un de ses complices monterait par une fenêtre ou sortirait de quelque cachette. »

Sur la pointe des pieds elle descendit l'escalier du grenier, ouvrit la porte prudemment, jeta un regard dans le couloir sombre. Pas le moindre bruit. Ce silence lui parut menaçant.

Tandis qu'elle hésitait pour savoir si elle devait oui ou non descendre au rez-de-chaussée, elle aperçut un mince filet de lumière. En une seconde elle comprit que quelqu'un montait l'escalier. Elle ne pouvait pas voir le visage mais elle distinguait la silhouette d'un homme. D'une main, il tenait le projecteur paralysant en forme d'œil. Ses rayons étaient braqués vers le sol.

« Il faut que je décide vite ce que je dois faire », se dit Alice.

Une pensée terrifiante la traversa. Ses amis avaient peut-être été de nouveau paralysés au rez-de-chaussée.

« C'est ce qui va m'arriver si je m'en approche. »

En vitesse elle recula, referma la porte du grenier. Aussi rapidement et aussi silencieusement que possible, elle s'approcha de Bob et chuchota à son oreille :

« Je crois que le Cyclope va monter ici avec sa lumière paralysante. Cachons-nous.

— Et essayons de voir comment nous pourrions le capturer, dit Bob, sans nous faire paralyser. »

A l'aide de leurs torches électriques, ils se déplacèrent sans bruit dans le laboratoire pour chercher un objet qui leur permettrait d'immobiliser l'homme. Alice remarqua dans un coin un grand tissu noir. C'était un vieux sac troué par endroits.

« Juste ce qu'il nous faut pour le passer pardessus la tête de ce misérable ! approuva Bob. Il ne pourra plus bouger, mais n'étouffera pas. »

Alice acquiesça et conseilla à Bob de se dissimuler avec elle derrière la porte du local de la réserve de produits chimiques. En laissant la porte entrouverte, ils pourraient suivre les mouvements de l'homme. Des pas se faisaient déjà entendre sur les marches de l'escalier. Bob et Alice attendirent, retenant leur souffle.

Dès que l'homme fut entré dans le laboratoire, il alluma en grand son projecteur et le promena dans la pièce. Alice et Bob étaient invisibles et à l'abri de ses dangereux rayons. Bob tenait serré le sac et observa l'homme qui réduisait l'intensité de son projecteur.

Grâce au rayon de lumière qui pénétrait dans le local, Bob dessina en ombre chinoise la lettre C, puis la lettre R. Alice comprit qu'il épelait le nom de Crosson.

Bob et elle guettaient Crosson qui se rapprochait du local. Juste au moment de l'atteindre, il tourna le dos à la porte. Le moment d'agir était venu.

Tel l'éclair, ils bondirent. Bob passa le sac par-dessus la tête de l'homme, tandis qu'Alice lui plaquait les bras au corps. Dans sa surprise, Crosson tomba et lâcha le projecteur qui s'éteignit.

Entre-temps, Bob réussit à ficeler la partie basse du sac autour de la taille de l'homme. Le prisonnier se débattait. Il était musclé. Alice comprit qu'il fallait le ligoter plus solidement. Elle alluma le plafonnier et chercha des liens. Elle trouva un rouleau de fil électrique, avec lequel elle lui attacha les chevilles pendant que Bob s'efforçait de maintenir le sac sur sa tête et ses bras. Alice enroula, ensuite, le fil autour du corps de telle sorte que Crosson ne put se libérer.

« Sortez-moi de là ! » hurlait le prisonnier.

Bob interrogea du regard Alice qui inclina la tête en signe d'assentiment et ils retirèrent le sac de la tête de Crosson. Jamais de toute sa vie, Alice n'avait vu sur le visage de quelqu'un une expression de fureur aussi intense. Les cheveux de l'homme se dressaient dans tous les sens. Ses yeux étaient comme deux charbons ardents, consumés par la haine.

« Lâchez-moi ! » hurla-t-il.

Alice le regarda fixement et demanda :

« Où est Ned Nickerson ? »

Au lieu de répondre, Crosson cria :

« Vous feriez mieux de me détacher ou vous allez tous mourir. »

Comme il ne pouvait se servir ni de ses bras, ni de ses jambes, ce n'était là que menaces en l'air. Puis Alice dit qu'elle allait descendre chercher le professeur Titus pour qu'il identifie Crosson. A ces mots, les yeux du misérable se rétrécirent en une fente. Il avait l'air d'un tigre prêt à bondir sur sa proie, pensa Alice.

Elle se précipita au rez-de-chaussée. Le spectacle qui l'attendait la décontenança. De toute évidence, Bess, Marion, Daniel et le professeur avaient été atteints par les rayons paralysants. Fort heureusement, ils retrouvaient déjà la capacité de se mouvoir.

« Nous avons fait prisonnier Zapp Crosson dans le grenier ! s'écria-t-elle. Professeur, voulez-vous monter l'identifier ?

— Hourra ! s'exclama Daniel.

— Bravo ! fit Marion. Tu as encore réussi, ma chère Alice. »

La jeune détective gardait un air grave.

« Il refuse de me dire où est Ned. Je vais retourner le voir, mais avant, racontez-moi ce qui s'est passé !

— La porte d'entrée s'est ouverte silencieusement, expliqua Bess, le Cyclope aux cheveux rouges est apparu, il a aussitôt braqué son projecteur paralysant sur moi et Daniel, mais j'avais eu le temps de pousser un cri d'alarme. Marion et le professeur venus à notre secours furent à leur tour paralysés. »

Ils voulurent tous monter au grenier. Le professeur fut catégorique.

« Oui, c'est bien Zapp Crosson. »

Puis il jeta un coup d'œil au projecteur encore à terre. Il le prit, l'examina. Le mécanisme était, dit-il, hors d'usage, donc maintenant sans danger.

Alice se plaça devant le captif.

« Où est Ned Nickerson ? » demanda-t-elle encore.

Crosson lui lança un regard méchant.

« Lâchez-moi et je vous raconterai tout », répondit-il.

Tous attendaient qu'il fournisse une explication sur l'enlèvement. Au lieu de cela, il éclata de rire.

« Je sais que vous allez me faire arrêter, mais vous ne pourrez pas me faire inculper. J'avais l'autorisation de venir dans le musée et de travailler dans ce laboratoire. Je n'ai pas commis d'infraction au regard de la loi. Et je nierai tout ce dont on m'accusera. Où est votre ami, Alice Roy ? Il est sain et sauf, mais il ne pourra jamais quitter l'endroit où il est détenu à moins que j'en donne l'ordre. »

L'homme aux cheveux roux se tut et refusa de répondre à toute autre question. Quand Alice comprit qu'elle n'obtiendrait rien de lui, elle décida d'appeler la police et de lui remettre l'affaire entre les mains.

Elle se précipita au rez-de-chaussée, composa le numéro. Tim Rooney en personne lui répondit.

« Ne me dites pas que vous avez attrapé votre homme, dit-il.

— C'est justement ce que je viens vous annoncer, répondit-elle. Mais il refuse de dire où est Ned Nickerson. Pouvez-vous envoyer quelqu'un pour l'emmener ?

— Deux inspecteurs seront là dans quelques minutes », lui répondit Tim Rooney.

Il lui dit alors sa stupéfaction qu'elle eût arrêté le ravisseur.

Quand les policiers arrivèrent, ils ne dissimulèrent pas non plus leur étonnement. Alice les conduisit au laboratoire. A leur vue, Crosson les foudroya du regard et exigea d'être libéré.

« Vous n'avez aucune charge contre moi, relâchez-moi, dit-il.

— Nous avons un mandat d'arrêt, répondit un des inspecteurs. Et si nous avons besoin de preuves, il y a plusieurs personnes ici même qui témoigneront contre vous devant le tribunal. »

Ils fouillèrent les poches du prisonnier. N'y trouvant rien, ils détachèrent le fil électrique, lui passèrent les menottes et le laissèrent se lever.

« Nous allons le mettre sous les verrous », dit un inspecteur.

Se tournant vers Alice, il demanda :

« Comment avez-vous résolu cette affaire ?

— Grâce à deux pièces de monnaie datant de 1923 », répondit la jeune détective.

Crosson sursauta et lui lança un regard haineux.

« Où pourrais-je vous joindre les uns et les autres ? » demanda l'inspecteur.

Le professeur Titus répondit qu'ils allaient regagner Emerson pour prendre une bonne nuit de repos. Tout le monde acquiesça et Bob donna le numéro de téléphone de la résidence « Oméga ».

Quand ils arrivèrent à Emerson, l'aube pointait déjà. Chacun tomba sur son lit épuisé.

« Quelle journée ! » soupira Bess en fermant les yeux et en sombrant dans le sommeil.

Marion suivit l'exemple de sa cousine. Alice n'arrivait pas à dormir. Elle aurait préféré sauver Ned plutôt que d'arrêter Crosson.

« Il va falloir entreprendre de vastes recherches », songeait-elle.

Bientôt, incapable de rester en place, elle décida de se lever, de s'habiller et de faire quelques pas sur le campus. Une promenade au grand air l'aiderait peut-être à élaborer un nouveau plan d'action. Elle sortit, traversa le campus, parvint au stade.

Un bruit au-dessus d'elle lui fit lever la tête. Un hélicoptère arrivait.

Tandis qu'elle l'observait, elle le vit avec surprise s'immobiliser puis commencer à descendre.

Son cœur se mit à battre très vite. « Est-ce l'hélicoptère télécommandé ? se demanda-t-elle. Et dans ce cas, pourquoi vient-il ici ? »

Il lui vint soudain à l'esprit qu'un complice de Crosson pouvait être à bord ! Devait-elle s'enfuir pour ne pas risquer d'être capturée ?

Alice était trop intriguée pour prendre la fuite. L'hélicoptère pouvait contenir un autre message de Ned!

Chapitre 20

La surprenante histoire

Au fur et à mesure que l'hélicoptère approchait du sol, Alice était de plus en plus tendue. Enfin, l'appareil se posa.

Les moteurs ralentirent et s'arrêtèrent. La porte s'ouvrit. Le pilote sauta à terre. Une seconde Alice resta figée sur place puis elle courut à toute vitesse vers le jeune homme.

« Ned! Ned! Toi! Je n'arrive pas à le croire! » s'écria-t-elle.

La reconnaissant, Ned se mit lui aussi à courir vers elle. Quelques instants après ils étaient dans les bras l'un de l'autre.

« Oh! Alice, je suis si content que tu sois la première à m'accueillir!

— Ned! tu es sain et sauf! » s'exclama-t-elle. A ces mots une lueur amusée brilla dans les yeux bruns du jeune homme.

« Tu as tant de choses à nous apprendre, continua Alice. Comment t'es-tu évadé de l'endroit où Crosson t'avait caché ? »

Ned fixa sur elle un regard incrédule.

« Tu connais l'identité de mon ravisseur ? »

Ils marchaient bras dessus, bras dessous vers la résidence « Oméga ».

« Je n'ai pas cessé de travailler sur l'affaire. Nous avons capturé Zapp Crosson cette nuit ; il se trouve en prison à l'heure qu'il est.

— Dieu soit loué ! répondit Ned. Je ne crois pas que j'aurais pu en supporter davantage. Crosson devenait de plus en plus dingue et j'avais peur qu'il me tue. Oh ! si tu savais tout ce qui m'est arrivé et comment je me suis enfui.

— Je sais que tu n'étais ni dans la ferme, ni dans la cabane perdue au milieu des marécages, parce qu'elles sont sous surveillance de la police.

— Comment t'en es-tu doutée ? » demanda Ned.

Alice lui raconta qu'elle avait travaillé avec Bess, Marion, Bob et Daniel.

« Et le professeur Titus nous a beaucoup aidés aussi. »

Ned lui apprit que Crosson avait un troisième repaire. Un poste de l'armée abandonné, situé près d'un terrain plat, indispensable pour l'hélicoptère, mais dissimulé par la végétation.

« Chaque fois que Crosson m'emmenait quelque part, je faisais très attention à la route qu'il suivait. Une ou deux fois il m'a même laissé piloter. Hier soir un de ses amis est venu et a emmené Crosson en hélicoptère — au musée Anderson, je crois — et l'y a laissé apparemment, car l'ami est revenu tout seul.

— Où est-il maintenant? demanda Alice.

— Il est reparti en voiture après avoir apporté à souper. Mais avant je lui ai demandé combien de temps Crosson resterait absent. Au moins deux jours, m'a-t-il répondu. Cela m'a donné une idée. Crosson ne m'avait pas enchaîné aussi solidement que dans les autres caches. Au bout d'un moment, je suis parvenu à me libérer. J'ai décidé de tenter le tout pour le tout et de faire voler l'hélicoptère, mais je n'ai pas osé me poser sur un aérodrome. J'enfreignais les règlements de la circulation aérienne. En fait, compte tenu des circonstances, je ne crois pas que j'aurais eu des ennuis avec les autorités.

— Est-ce lui qui a inventé l'œil brillant?

— Oui, et il l'a expérimenté sous diverses formes, le faisant virer au rouge, utilisant un modèle paralysant dans un projecteur, essayant un autre modèle miniature et indestructible. Mais il a introduit dedans une bande sonore, de telle sorte que si l'on trouvait l'œil et ouvrait le couvercle une voix formulait un avertissement. Crosson ne voulait pas qu'on découvre son secret. Il a également installé un circuit magnétique pour protéger le grand œil apparaissant dans le musée. C'était destiné à piéger quiconque procéderait à des recherches en cet endroit.

— Je le sais, fit Alice. Cela m'est arrivé.

— Quoi! s'exclama Ned. Le misérable! Je suis heureux qu'il n'ait pu mettre tout à fait au point son invention. Il avait besoin de la mienne pour la commercialiser.

— Heureusement qu'il ne l'a jamais eue entre les mains, dit Alice. Mais Ned, qu'est-ce que c'est que cet œil qui brillait sur une de tes notes? Qui l'avait mis là?

— Le papier venait d'un bloc-notes de Crosson.

— Et le dessin, parmi les papiers que tu as envoyés chez toi, celui avec des chiffres placés en forme d'œil?»

Ned eut un sourire.

«C'est mon invention. Je te l'expliquerai plus tard.

— Dis-moi, pourquoi Crosson a-t-il adopté le nom de "Cyclope"? demanda Alice.

— Il s'est intéressé à l'origine du mot et a donné à son invention la forme d'un œil géant. Puis il a décidé de s'appeler lui-même Cyclope. Quand je t'ai envoyé le mot, je n'ai pas osé employer son vrai nom de peur qu'il ne trouve le papier. Je me suis dit aussi que "Cyclope" te fournirait un bon indice.»

Tout en parlant, ils étaient arrivés à la résidence. Malgré l'heure matinale, plusieurs étudiants étaient déjà levés. A la vue de Ned, ils le regardèrent comme s'il était un extraterrestre. Puis des exclamations s'élevèrent. Le bruit réveilla tout le monde et quelques minutes plus tard, Bess, Marion, Bob, Daniel entouraient le rescapé, lui serraient la main, l'embrassaient, l'accablaient de questions.

«Je vous propose d'aller tous prendre un bon petit déjeuner, dit Ned, et tout en mangeant je vous raconterai ce qui m'est arrivé. Mais avant, je voudrais téléphoner à mes parents. Et toi, Alice, peux-tu appeler la police?

— Oui, et prévenir que tu es sain et sauf. »

Après avoir rassuré ses parents et leur avoir promis de les voir le soir même, Ned se rendit à sa chambre et prit la première bonne douche depuis son enlèvement. Rafraîchi, reposé, il descendit retrouver dans la salle à manger tous ses amis. Ned se restaura puis il se leva et commença son récit.

« Comme vous le savez, je travaillais au laboratoire à côté de Zapp Crosson. Il se révéla très curieux, il jetait sans cesse un coup d'œil à mes notes, observait mes expériences. Tout à fait accidentellement, je suis tombé sur quelque chose susceptible de conduire à une invention très intéressante. Crosson ne s'y méprit pas et décida de me la voler. Conscient de ses intentions, j'ai rassemblé toutes mes formules et mes notes et je les ai expédiées chez moi.

— Mais qu'est-ce que c'était que ces croquis d'hélicoptères qui se trouvaient dans le même paquet ? intervint Alice.

— Crosson passait son temps à dessiner des hélicoptères. Un jour il a oublié des feuilles sur ma table. Elles ont dû se glisser parmi les miennes. »

Ned se tut un moment avant de reprendre.

« Il m'a roulé une bonne partie du temps. Si je soupçonnais ses arrières-pensées concernant mes recherches, je n'imaginais pas qu'il envisageait de m'enlever et de me garder prisonnier jusqu'à ce qu'il ait pu s'emparer de mon invention et la vendre.

« Il y a de cela exactement une semaine, il est venu dans ma chambre, m'a dit qu'il disposait d'un hélicoptère que par autorisation spéciale il gardait dans une ferme hors de la ville. Il m'a proposé de m'emmener faire un tour. Il se montrait si amical que je ne me suis pas méfié, et j'ai bêtement accepté. Je n'ai pas eu le temps de laisser un message à Bob et Daniel parce qu'il insistait pour que nous partions sur-le-champ.

«Nous nous sommes rendus à la ferme, j'ai laissé la voiture garée sur le bas-côté de la route. Tout alla bien jusqu'à ce que nous soyons dans l'hélicoptère. Alors Crosson a soudain sorti un fusil, l'a braqué sur moi et m'a dit qu'il ne me relâcherait pas tant que je ne lui aurais pas remis mes formules et mes croquis. Bien entendu j'ai refusé et il m'a emmené dans son repaire.

— Quel monstre!» éclata Bess.

Ned poursuivit son récit.

«Chaque fois que Crosson apprenait par un de ses complices que la police était à ses trousses il m'emmenait ailleurs. J'avais dans l'idée que c'était Alice qui renseignait les inspecteurs. Nous nous sommes souvent déplacés, toujours dans des endroits perdus. Au début Crosson a voulu effrayer Alice pour la décourager de me chercher. Il te connaissait, semble-t-il, de réputation et savait où tu habitais. Il m'a annoncé qu'il pouvait télécommander un hélicoptère et avait l'intention de le programmer pour qu'il se pose dans ton jardin. Il avait placé une bombe à l'intérieur, qui devait rouler à terre à l'ouverture automatique de la porte et souffler une partie de ta maison. Il espérait que ton père et toi seriez blessés et trop effrayés ensuite pour me rechercher.

— Une bombe! s'écria Marion. Mais elle n'a pas explosé et les inspecteurs n'ont rien trouvé à bord de l'hélicoptère. Qu'en est-il advenu?»

Ned eut un sourire entendu. Il avait obtenu de Crosson l'autorisation de voir l'hélicoptère quand il serait prêt à décoller.

«J'avais décidé d'envoyer un message à Alice. Je l'ai écrit, l'ai glissé dans sa poche. Quand Crosson a eu tout préparé, je lui ai dit qu'il m'avait semblé entendre quelque chose dans le ciel. On était sans doute à notre recherche. Bien entendu il a levé la tête, ce qui m'a permis de retirer la bombe et de poser le message dans l'hélicoptère.

— Et qu'as-tu fait de la bombe? demanda Bob.

— J'ai pris le risque de la cacher sous ma

veste. L'appareil a décollé et j'ai demandé à Crosson l'autorisation d'aller cueillir une certaine plante dans le marécage. Il a pensé sans doute que c'était en rapport avec mon invention, persuadé que je céderais à ses exigences. Il n'avait pas envie de s'aventurer lui-même dans ce cloaque, aussi m'a-t-il permis d'y aller mais en m'avertissant de ne pas tenter de m'échapper. Je lui ai donné ma parole, mais me suis suffisamment éloigné pour qu'il ne puisse suivre mes gestes. Je me suis penché pour cueillir une plante et en même temps j'ai doucement placé la bombe sous l'eau. »

Ned rit.

« Elle doit y être encore. Il faudra en aviser la police. »

Comme il reprenait son souffle, Daniel demanda :

« Quand Crosson a découvert que la bombe n'était pas arrivée à destination, qu'a-t-il pensé ?

— Qu'au cours du vol, elle avait roulé hors de l'hélicoptère et était tombée quelque part. Aussi il parcourait sans cesse les journaux pour voir s'ils ne donnaient pas un compte rendu d'un accident de ce genre. Bien entendu, il n'en a pas relevé. »

Ned raconta ensuite à son auditoire attentif qu'en ne voyant pas revenir l'hélicoptère, Crosson avait décidé d'aller sur place pour se rendre compte de ce qui était arrivé.

« C'est lui qui a assommé l'inspecteur de garde, coupé la corde, et ramené l'hélicoptère là où nous étions. »

Après avoir consulté sa montre, Ned annonça :

« Ceux qui ont des cours à neuf heures auraient intérêt à partir. Je vous raconterai plus tard la suite de mes aventures. »

Par chance Bob et Daniel étaient libres. Ils purent aller avec les trois jeunes filles et Ned dans le salon où leur ami poursuivit son récit. C'était Crosson qui avait volé les instruments au laboratoire d'Emerson afin de pouvoir équiper le sien dans le marécage. Lui également qui avait placé la bombe dans le classeur contenant les doubles des formules concernant l'œil brillant. Il voulait tenir tout cela secret.

« Ned, demanda Alice, ton invention est-elle encore un secret ou peux-tu nous en parler maintenant ?

— Je le peux, surtout après tout ce que tu as fait pour moi, et en particulier la capture du Cyclope.

« Mon invention est une nouvelle méthode pour produire un rayonnement laser à partir d'une source d'énergie beaucoup plus réduite qu'auparavant. Cela repose sur une conversion totale de l'énergie en lumière.

— C'est formidable ! » s'exclama Alice, très fière de son ami.

Marion, Bob et Daniel se joignirent à elle pour couvrir Ned de louanges.

Seule Bess se taisait. Au bout de quelques instants elle dit :

« Ned, ton invention me paraît excellente, mais je n'y comprends goutte ! »

Un éclat de rire général ponctua l'intervention de Bess. Ned admit qu'il devrait fournir des explications plus approfondies s'il voulait que l'on puisse clairement saisir la portée de son invention.

Avant de se séparer, les jeunes gens apprirent encore que Crosson commandait, de son laboratoire, l'œil brillant du musée.

« Ses camarades, qui prétendaient être des étudiants d'Emerson, l'avaient aidé à tout démonter, mais en laissant les fils branchés.

« A ce propos, j'ai les noms de tous les complices de Crosson. Je les remettrai à la police. Crosson avait laissé par mégarde le mot "cyclope" écrit en grec parmi mes croquis. Il me l'a raconté, ensuite, pensant que c'était une bonne blague, mais il n'a pas eu le temps de me voler mon matériel parce que je suis revenu juste à ce moment-là au laboratoire et il a dû tout remettre en hâte dans mon classeur. C'est ce jour-là que j'ai expédié l'ensemble de mes papiers chez moi. »

Maintenant que Crosson était en prison et Ned de retour, Alice décida d'annoncer à son père les bonnes nouvelles. Elle l'appela aussitôt à son étude.

« Félicitations ! Alice, s'écria M. Roy, après avoir écouté le compte rendu des événements. J'avais le pressentiment que tu éluciderais le mystère du musée Anderson qui s'est révélé être beaucoup plus grave que nous ne le pensions. A ce propos, je ne t'ai jamais dit comment j'avais eu vent de cette affaire ? Un donateur du musée avait vu l'œil brillant et il se demandait si son argent était dépensé à bon escient. Il m'avait prié de voir cela de près. Je vais lui téléphoner qu'Alice Roy a trouvé la réponse. »

Au moment où elle terminait son entretien

avec son père, Alice pensa avertir Marty King de l'arrestation de Crosson et du retour de Ned. Elle pria son père de la lui passer.

Un léger silence suivit, puis M. Roy dit :

« Elle ne travaille plus avec moi.

— Oh ! Elle est partie ?

— Hé, oui ! A vrai dire, c'est moi qui lui ai demandé de donner sa démission. Je n'avais rien à lui reprocher sur le plan du travail, mais je me suis aperçu qu'elle prenait toujours des rendez-vous pour moi de manière que nous déjeunions ou dînions ensemble. Et j'ai découvert combien elle était jalouse de toi et de tes exploits. »

Alice souriait, ravie que Marty King eût quitté son père.

« Alice, ma chérie, autant vaut que je te raconte toute l'histoire, reprit l'avocat. Cela me gêne mais ce qui m'a amené à me séparer d'elle, c'est... »

M. Roy se tut avant de reprendre d'un ton gêné :

« C'est lorsqu'elle m'a demandé de l'épouser ! »

Alice eut un hoquet. Pendant quelques secondes elle ne sut que dire à son père. Jamais elle ne s'était trouvée placée dans une telle situation. Enfin elle prit le parti de rire :

« Papa, si jamais tu veux me donner une nouvelle mère, je t'en prie, promets-moi d'en choisir une qui ne se mêlera pas d'élucider des mystères ! »

Son père rit de bon cœur.

« Promis ! » dit-il.

Table

SERIE

En avant la lecture !

IMPRIMÉ EN FRANCE PAR BRODARD ET TAUPIN
Usine de La Flèche, 72200.
Dépôt légal Imp : 6861I-5 – Edit : 9749.
20-07-8659-05-4 – ISBN : 2-01-019658-9.
Loi nº 49-956 du 16 juillet 1949 sur les publications destinées à la jeunesse.
Dépôt : mars 1994.